GUERRA É GUERRA

IVAN JAF

Guerra é guerra
© Ivan Jaf, 2013

Gerente editorial	Fabricio Waltrick
Editora	Lígia Azevedo
Editora assistente	Carla Bitelli
Estagiária	Luciane Yasawa
Seção "Outros olhares"	Juliana de Souza Topan
Preparadora	Nair Hitomi Kayo
Coordenadora de revisão	Ivany Picasso Batista
Revisores	Bárbara Borges, Maurício Katayama

ARTE	
Capa e ilustrações	Leo Gibran
Coordenadora de arte	Soraia Scarpa
Assistente de arte	Thatiana Kalaes
Estagiária	Izabela Zucarelli
Diagramação	Acqua Estúdio Gráfico
Pesquisa iconográfica	Sílvio Kligin (coord.), Josiane Laurentino

CIP-BRASIL. CATALOGAÇÃO NA FONTE
SINDICATO NACIONAL DOS EDITORES DE LIVROS, RJ

J22g

Jaf, Ivan, 1957-
  Guerra é guerra / Ivan Jaf ; ilustração Leo Gibran. 1. ed. - São Paulo : Ática, 2013.
  176p. : il. (Descobrindo os Clássicos)

  Inclui apêndice e bibliografia
  Contém suplemento de leitura
  ISBN 978-85-08-16621-3

  1. Ficção infantojuvenil brasileira. I. Gibran, Leo. II. Título. III. Série.

13-04022.   CDD: 028.5
                                             CDU: 087.5

ISBN 978 85 08 16621-3 (aluno)
ISBN 978 85 08 16622-0 (professor)
Código da obra CL 738531

2017
1ª edição
2ª impressão
Impressão e acabamento: Edições Loyola

Todos os direitos reservados pela Editora Ática, 2013
Av. Otaviano Alves de Lima, 4400 – CEP 02909-900 – São Paulo, SP
Atendimento ao cliente: 4003-3061 – atendimento@atica.com.br
www.atica.com.br

IMPORTANTE: Ao comprar um livro, você remunera e reconhece o trabalho do autor e o de muitos outros profissionais envolvidos na produção editorial e na comercialização das obras: editores, revisores, diagramadores, ilustradores, gráficos, divulgadores, distribuidores, livreiros, entre outros. Ajude-nos a combater a cópia ilegal! Ela gera desemprego, prejudica a difusão da cultura e encarece os livros que você compra.

ENTRE DESEJO E RELIGIÃO

Um dos maiores desafios dos seminaristas é a vida celibatária. Longe de ser impossível, como prova o padre Roque, a dedicação integral à oração é o único caminho para aqueles que escolhem o sacerdócio.

Por isso, o padre — fundador e reitor do Seminário Propedêutico, um intermediário entre o Seminário Menor e o Maior — precisa solucionar rapidamente o mistério que o assombra: qual de seus quatro seminaristas remanescentes não está trilhando o caminho espiritual?

O motivo da desconfiança é justo: a bela Vanessa — voluntária na cozinha e filha do casal mais importante da cidade, apoiador da instituição — começou a receber bilhetes profundamente apaixonados, até eróticos. O padre desconfia que algum dos jovens seminaristas tenha sucumbido aos desejos. Agora resta descobrir qual deles.

Para ajudá-lo, ele convoca frei Vasconcelos, orientador espiritual e professor de Língua Portuguesa e Literatura no seminário. E rapidamente o frei encontra a resposta: o autor dos textos é Gregório de Matos!

E agora? Como descobrir quem está mandando os bilhetes se ele se esconde atrás de um poeta morto há séculos? Será Adílson, o tímido jovem de família pobre, apegado aos estudos como única chance de ter uma vida melhor? Ou o comunicativo Alan, que cresceu na boemia e na luxúria? Será o estranho Claudemir, cujo irmão caçula foi comido por um jacaré? Ou Sandro, o adolescente rico convertido na convalescença pela biografia de santo Inácio de Loyola?

Frei Vasconcelos decide então dar uma aula sobre o poeta e vigiar as reações dos seminaristas. Quem souber mais sobre o Boca do Inferno ou ficar constrangido deve ser o culpado.

Só que a investigação não será fácil, e a pressão para expulsar o responsável só aumenta, especialmente quando surgem novos bilhetes. Poderá o seminário, o sonho arduamente realizado de padre Roque, sobreviver a esse escândalo?

Guerra é guerra apresenta uma divertida história, cheia de descobertas e reflexões, em que o pensamento e os versos barrocos ganham destaque numa narrativa contemporânea. Após ler os bilhetes, é impossível não conferir os poemas originais que os inspiraram e não se admirar com a vertente satírica e a religiosa de Gregório de Matos.

Os editores

As epígrafes deste livro são de autoria de Gregório de Matos. Todos os seus poemas transcritos aqui foram cotejados com a edição AMADO, James; ARAÚJO, Emanuel (Orgs.). *Gregório de Matos: Obra poética*. Rio de Janeiro: Record, 1990. 2 v.

SUMÁRIO

1	11
2	19
3	24
4	35
5	44
6	52
7	61
8	68
9	82
10	91
11	102
12	113
13	125
14	137

Relatório Gregório 143

Outros olhares sobre Gregório de Matos 167

Senhor, fazei-me casto; mas não hoje!
Santo Agostinho

Por falta de algumas ceroulas
deixa uma alma de ser cristã.
Padre Manuel da Nóbrega

· 1 ·

> *A terra é um paraíso,*
> *as Moças uns serafins,*
> *nós aliviamos os rins,*
> *porém perdemos o siso.*

Frei Vasconcelos usava três perucas do mesmo estilo, mas de tamanhos diferentes, para parecer que seu cabelo ia crescendo durante o mês.

Habitava um quarto úmido no porão do seminário, na sede de uma fazenda, a oito quilômetros de uma próspera cidade industrial no interior de Minas Gerais. Ele era o orientador espiritual. Vinha de uma paróquia do interior de Mato Grosso. Presbítero formado em Teologia, antes de atender ao chamado vocacional do sacerdócio havia se formado em Letras e também dava aulas de Língua Portuguesa e Literatura. Era alto, tinha 34 anos, magreza cadavérica, ombros muito estreitos, coluna curvada para a frente, mãos finas como garras, careca precoce, olhos aflitos engastados no fundo de olheiras escuras e um nariz tão grande que parecia um toldo sobre a boca. Sempre de batina preta, fazia jus ao apelido *frei Urubu*.

Um urubu de peruca. Três perucas — pequena, média e grande — que se revezavam a cada dez dias. Ele as guardava embaixo da cama, dentro de uma caixa fechada por uma chave que levava sempre pendurada no pescoço.

No mais, era completamente desprendido dos bens materiais. No seu quarto havia apenas a cama de solteiro, com tábuas no lugar do colchão; a mesa pequena; a cadeira e o armário de uma porta só, onde guardava duas batinas pretas muito surradas, duas camisetas e duas ceroulas brancas. Um Cristo de madeira espetado na parede e um terço pendurado no espaldar da cama completavam a decoração. Até travesseiro frei Vasconcelos achava um luxo.

— O conforto da carne é um perigo para o espírito — pregava.

Comia muito pouco, o suficiente para se manter vivo, e só bebia água.

Padre Roque, o reitor do seminário, defendia a tradição eucarística da transubstanciação com entusiasmo. Às vezes, com excesso de entusiasmo, diziam. Ficava incomodado pelo frei não beber vinho nem ao celebrar missa:

— Mas até Jesus bebia!

— Era sem álcool.

— O sangue de Cristo não é suco de uva!

— O Espírito Santo retirava o álcool antes que Nosso Senhor o bebesse.

Frei Urubu fazia até um santo se sentir pecador.

Naquela tarde, padre Roque teve de chamá-lo no seu escritório, na igreja da cidade, para uma conversa muito séria.

Frei Vasconcelos chegou empestando o ambiente com um cheiro azedo de suor. Sabonetes eram ilusões do mundo material para confundir o espírito. O reitor franziu a testa. Fedendo daquele jeito, era fácil um homem manter a castidade.

— Veio a pé? Os oito quilômetros, com esse sol? Por que não pegou o ônibus? Temos gratuidade, homem de Deus! E a bicicleta?

— Deus nos deu pés, e não rodas.

O reitor não tinha tempo para convencer frei Vasconcelos de que a roda não tinha sido inventada pelo Diabo. Um problema muito grave estava acontecendo:

— Vanessa está recebendo bilhetes de amor.

Vanessa era uma mulata linda, no apogeu de formas dos seus 19 anos. Era filha adotiva de Vera, esposa do maior dono de terras e criador de gado da região. Ela se candidatara para auxiliar nas tarefas domésticas do seminário, sem receber salário, como trabalho voluntário, e isso enchia de orgulho sua mãe de criação.

Vanessa ajudava Leonor, uma senhora de quase sessenta anos, descendente de escravos, muito gorda, contratada como cozinheira e lavadeira. Vera pedira para Leonor ficar responsável pela garota, tarefa que a boa senhora assumiu com unhas, dentes e vassouradas, protegendo a ajudante como uma loba protegeria a cria.

Quando o reitor viu Vanessa pela primeira vez, sentiu que aquilo não ia dar certo. Ela era de uma beleza e sensualidade atordoantes. Se até ele, aos 65 anos, depois de toda uma vida jogando água fria em seu fogo interior, sentia certa queimação quando via a garota, podia imaginar o que aconteceria com seus seminaristas, rapazes entre 17 e 24 anos, com verdadeiras fornalhas abaixo do umbigo. Não haveria orações, retiros e novenas que esfriassem aquilo depois da visão de Vanessa. Tanto trabalho para manter as brasas sob controle e de repente chegava aquele vento forte. Mas ele não podia fazer nada. Não podia contrariar o voluntariado da menina nem estragar o orgulho de dona Vera.

Padre Roque era famoso por sua disposição ao trabalho. Sempre atarefado, havia a lenda de que nunca sentava, e ele a fortalecia tomando cuidado para nunca sentar. Frei Vasconcelos o encontrou andando de um lado para o outro no escritório, atrás de sua larga mesa, esfregando as mãos de preocupação.

— Já esperava por isso. — O reitor coçava a cabeça com as duas mãos. — São jovens, cheios de saúde. Uma garota como aquela acaba com qualquer vocação para o celibato. E agora isto. Veja você mesmo. Leia.

E entregou ao frei cinco folhas arrancadas de um caderno espiral, cada uma com um bilhete manuscrito.

Vanessa, te amo sem poder falar. Morro porque te quero bem. Quero-te, mas preciso calar. Por mais que me alvoroce, largando as velas à fé, morro, meu amor, porque busco a quem não posso achar. Vanessa, quando vi você, tanto a sua alma me roubou que não sei se você acabou comigo ou se fui eu que me perdi. Agora nada mais me dá gosto quando não posso te ver. Tão perdido estou por você, meu bem, que vivo sem sossego. A luz dos teus olhos me tem cego. Eu te amo com fé.

Padre Roque observou o outro ler e ficou assustado. No final do primeiro bilhete, o frei estava com a coluna ainda mais inclinada para a frente, e os olhos tão abertos que pareciam duas bolas de gude prestes a pular do buraco.

Vanessa formosa e linda, que eu não vi mulata ainda que me abalasse tanto. Estou para me enforcar, Va-

nessa, desesperado, e ainda não me enforquei porque quem te ama tanto não deve morrer no ar, e sim em terra firme, para morrer com firmeza.

Vanessa, meu desejo. Se você me vê, me mata. Se não te vejo, morro. Dê remédio ao meu fogo, nem que seja matando-me. Só a morte cura a quem ama e não possui. Não me contento com a concha. Quero ver a pérola! Ou me corresponde como amante ou me acaba de uma vez. No mar dos teus olhos minha fé está em perigo. Dê velas à minha esperança para que eu possa navegar no teu corpo.

Se o frei se inclinasse mais a peruca média ia cair!

De ti sou tão prisioneiro, Vanessa, que por um pedaço teu daria meu corpo inteiro. Teu rosto me agrada, teu riso me enfeitiça, teus quadris me enlouquecem. Deixe, na malha das tuas redes, minha alma se enredar. Deixa este peixinho fundar um Templo do Amor em tuas paredes. Quando nossas paredes juntarmos, a minha de pedra e cal, e a tua, parede frontal, uma grande obra faremos.

— Fundar um templo em tuas paredes?! — o frei gritou.

O reitor teve medo de que ele rasgasse os bilhetes num acesso de fúria moralista. Precisava deles como provas para encontrar o culpado.

Que são Pedro me leve se eu não morro por você. Sua boca é uma rosa, e eu quero ser um beija-flor. Sua boca é linda, mas dos dentes para dentro nunca meu amor entrou. Minha linda mulatinha, eu já podia ser todo teu, e tu toda minha. Juro que, se quiser ser minha, eu todo me acenderei. Serei teu amante fino, porque por ti já perco o tino, e ando para morrer.

— É inadmissível! É criminoso! É doentio! É pervertido! É um atentado à moral!

— E ainda botou são Pedro no negócio — padre Roque tentou ser engraçado para aliviar a tensão, sem o menor sucesso.

E o que é o amor, minha mulata linda? Ora, o amor é um embaraço de pernas, uma união de barrigas, um breve tremor das artérias, uma confusão de bocas, uma batalha de veias, um rebuliço de ancas. O amor é isso. Quem diz outra coisa é uma besta!

— O senhor usou um eufemismo, reitor. Não são bilhetes de amor. Isso é indecência! Libidinagem! Luxúria! Temos um demônio libertino entre nós! Deus nos ajude! — E fez o sinal da cruz três vezes.

Tornou a ler, escandalizado, balançando a cabeça. Deteve-se na quarta folha. Passou para a quinta. Pulou para a terceira. Voltou à quinta. Releu a quarta. Olhou para o reitor:

— Já sei quem escreveu isso.

— Sabe?! Já? Quem? Quem?

— Gregório de Matos Guerra.

— Graças a Deus! Não é um dos nossos seminaristas! Não conheço. Quem é, frei?

— Um poeta baiano.

— Um tarado, isso, sim. Vamos denunciá-lo logo à polícia antes que o nome do seminário seja envolvido.

— O problema é que ele morreu há mais de trezentos anos.

— Está me dizendo que isso aí é obra de um espírito maligno? Tem um fantasma na sede da fazenda? Vamos precisar de um exorcista? Nem sei se ainda fazemos isso.

— Não, padre Roque, não é coisa do outro mundo.

— Claro que não! Estou brincando. Fantasmas não costumam cobiçar mulatas carnalmente. Mas o que está acontecendo então, homem de Deus? Isto é muito sério, Leonor está indignada. Ela ficou como responsável por Vanessa, tem adoração pela menina. É Leonor quem tem me trazido esses bilhetes. Eu vinha enrolando, dizendo que eram brincadeiras inconsequentes, tentando esconder o fato. Não falei nem com você. Mas... cinco! Cinco! Isto não vai parar! Graças à Virgem Santíssima, Leonor veio primeiro falar comigo. Dona Vera ainda não sabe de nada. Eu disse para Leonor manter sigilo, que precisamos evitar escândalo, que tudo será resolvido e que vou descobrir o culpado.

— O senhor não achou esses bilhetes muito bem escritos?

— Claro. Foi por isso que chamei você aqui. Estão bem escritos demais. Pensei que você, como professor de Língua Portuguesa, saberia apontar, entre os seminaristas, qual deles estaria em condições de escrever desse jeito.

— Acontece que os textos não são originais. São plágios de poemas de Gregório de Matos Guerra. Estão um pouco modificados, mas reconheci várias frases.

— Então qualquer um deles poderia ter escrito?

— Exatamente.

— E o bandido usou letra de forma muito certinha. Para disfarçar, é evidente. Não pode identificá-lo pela caligrafia, pode?

— Não, senhor.

— E essas folhas são de cadernos espirais comuns...

— São, sim, senhor. Posso usar seu computador?

— Para quê?

— Ter certeza. Quero pesquisar os poemas originais e confrontar com esses bilhetes.

— Fique à vontade. Me ajude a descobrir o autor dessas barbaridades. Ele tem de parar com isso. Tudo o que eu não preciso agora é de um escândalo. O seminário já vai mal das pernas. Basta um tombo e ele não levanta mais.

· 2 ·

*Pague o mal presente o bem passado.
Que quem podia, e não quis, viver gozando,
Confesse, que esta pena merecia,
E morra, quando menos confessado.*

Frei Vasconcelos entrou na internet, procurou um site com as obras completas de Gregório de Matos, digitou Ctrl+F e escolheu palavras-chave de cada bilhete para localizá-las. Foi encontrando os poemas, escrevendo os títulos, selecionando trechos e passando para um arquivo, que denominou Relatório Gregório[1].

Ele tinha prática naquilo. Como professor, uma de suas tarefas era descobrir de onde na internet seus alunos copiavam e colavam as respostas dos testes que aplicava.

No final imprimiu e mostrou ao reitor.

* * *

---

1. Veja no Relatório Gregório, a partir da página 143, os poemas que inspiraram os cinco bilhetes que Vanessa recebeu.

— Muito bem, frei Vasconcelos. Você provou que o safado tirou suas obscenidades da obra desse poeta maluco, mas seu relatório não resolve nosso problema. Quem fez isso? Segundo Leonor, Vanessa tem encontrado esses bilhetes dobrados em todos os lugares. Embaixo da caneca de café, no cesto de roupa suja, dentro da bolsa, no bolso da calça secando no varal... Sempre no seminário, entende? Não há dúvida de que é alguém lá de dentro, e alguém que *dorme* lá, porque os bilhetes são colocados durante a noite. Ou seja: só pode ser um dos nossos seminaristas!

— Sim, senhor. Parece óbvio. Nós sabemos que ainda são almas com grande tendência ao pecado. Mas como vamos descobrir? Posso reunir todos numa sala e encostá-los na parede.

— Não faça isso! É preciso, antes de mais nada, evitar escândalo. Fiz Leonor jurar que o assunto ficaria entre nós. Ela não vai contar nem para dona Vera. Vamos descobrir o culpado e resolver tudo o mais discretamente possível. Imagine se os seminaristas descobrem que um deles está assediando Vanessa! E escrevendo coisas como "o amor é um embaraço de pernas", "uma união de barrigas", "uma confusão de bocas", "um rebuliço de ancas"... São rapazes. Vai ser uma festa! Vamos perder o controle. A cidade toda vai saber. As senhoras do Grapose vão ficar horrorizadas, fofocar pela cidade inteira, não vai se falar sobre outra coisa, vão nos denunciar ao bispo, fechar o seminário!

Grapose era a sigla para Grupo de Apoio ao Seminário, formado por oito das senhoras mais importantes e poderosas da cidade, todas católicas fervorosas e esposas de homens importantes, como o prefeito e o industrial Adolfo Bergamin, dono da fazenda onde estava instalado o seminário.

— O senhor já falou com a psicóloga?

— Nem pensar. Para mim, a Madalena é uma fofoqueira, vai saber se mantém o sigilo profissional... E é ateia. Ela nem acredita em Deus, imagina se vai colaborar conosco. Não conte nada a ela. Isso tem que ficar só entre nós cinco: eu, você, Leonor, Vanessa e o pilantra.

— Tudo bem.

— E o pior é que Leonor é protestante, evangélica. Ela tem certeza de que um dos seminaristas foi possuído pelo demônio. Quer levar o pastor da igreja dela lá na fazenda, mas pedi encarecidamente que não fizesse isso. Meu bom Deus! Era só o que me faltava. Ecumenismo tem hora. Fiz que prometesse não dizer nada a ninguém, muito menos ao pastor!

— O senhor pode contar comigo, padre Roque. Mas não sei o que fazer.

— Tive uma ideia agora, depois que você me falou sobre esse Gregório de Matos Guerra. No conteúdo de Língua Portuguesa há "leitura, expressão e redação", certo?

— Sim, senhor. Os seminaristas precisam rever o que aprenderam no ensino médio. Até ingressar no seminário eles não têm um objetivo definido na vida, não valorizam algumas disciplinas, principalmente Língua Portuguesa, e a formação intelectual deles é muito deficiente. Não têm leituras. Mal sabem escrever. Um sacerdote precisa saber se expressar. Exijo deles a leitura sistemática de livros.

— Ótimo. Então mostre a eles a obra de Gregório de Matos Guerra!

— Valha-me Nossa Senhora! Nem brinque!

— É um autor nacional, não é? Um clássico. Ninguém vai se espantar. Coloque o sujeito no currículo deste ano.

Frei Vasconcelos avançou, curvo como um gancho de açougueiro.

— Impossível! O senhor sabe qual era o apelido dele na época? Boca do Inferno! Como eu posso adotar a obra do Boca do Inferno em um Seminário Diocesano!? Meus alunos só estão autorizados a ler livros de temática espiritual, religiosa, como as biografias dos santos, os autores eclesiásticos e o Novo Testamento!

O reitor media 1,65 metro, era roliço como uma rolha, mas se sentiu como uma carcaça sendo atacada por um urubu.

— Eu sei. Mas, escute, não estou dizendo para você *dedicar o semestre* à obra desse baiano pervertido. Apresente apenas o nome dele e alguns poemas. Como um exemplo do que não se deve pensar, e muito menos *escrever*. Com certeza, quem escreveu os bilhetes vai acabar se revelando. Você mesmo disse que esses rapazes não têm cultura. Garanto que só um dos seminaristas conhece o Gregório de Matos. Fique atento. Ele acabará se traindo.

Frei Vasconcelos ficou pensativo.

— O caso é grave — padre Roque insistiu. — Procure colaborar. Nosso propósito é a formação espiritual, humana, intelectual e pastoral dos futuros presbíteros. O presbiterato é um dom sagrado. O ministro do altar renova e atualiza o mistério redentor. Você sabe disso melhor do que ninguém. O sacerdócio é uma oferta de si próprio pela salvação de todos, como fez Nosso Senhor Jesus Cristo. Eu sei que o que estou pedindo viola seus princípios, mas é apenas um meio para se atingir um bem maior. Os fins justificam os meios. Não podemos deixar que nosso seminário feche as portas por causa de um seminarista no cio.

Frei Vasconcelos começou a balançar a cabeça para cima e para baixo:

— Sou um professor muito experiente, sei ler a alma de cada aluno. O senhor tem razão. O autor desses bilhetes nefastos vai se revelar quando eu apresentar a obra desse baiano endemoniado, vou perceber isso com facilidade.

— Muito obrigado. Eu sei que pedir a você que apresente uma obra pornográfica dessas é...

— Não, padre Roque... Também não podemos chamar Gregório de Matos de pornógrafo. O termo preciso é fescenino. É um tipo de poesia que escancara a sexualidade de forma baixa e satírica, mas não deixa de ser arte. E não tem os interesses comerciais da pornografia.

— Certo.

— Tentarei mostrar a obra de Gregório de Matos Guerra sem conspurcar a consciência de meus alunos. Ele não tem só poemas como esses. — Frei Vasconcelos pegou seu relatório sobre a mesa e o sacudiu. — Ele também escreveu obras líricas e sacras.

— Perfeito.

— E foi um dos maiores representantes no Brasil do estilo barroco. Ele e o padre Antônio Vieira. Posso colocá-lo no currículo com a desculpa de estudar a escola barroca, que tem uma ligação profunda com o catolicismo. Já dei uma aula sobre Aleijadinho, por exemplo.

— Boa ideia. Muito bem. Faça isso. Excelente.

— Não será difícil encontrar o culpado, reitor. Afinal, temos bem poucos seminaristas.

· 3 ·

Quem vence a Resistência, se enobrece,
Quem pode, o que não pode, impera, e manda;
Quem faz mais do que pode, esse merece.

Bem poucos mesmo. Apenas quatro.
Esse era o problema principal do seminário.
Padre Roque durante anos acalentara o sonho de formar sacerdotes. Para ele, essa era a missão mais sagrada da Igreja: encaminhar os "escolhidos". Todos os seres humanos podiam receber Cristo em seus corações, mas só a alguns era dado o ministério de celebrar Sua presença para a comunidade. Como afirmara são Paulo, na Carta aos Hebreus 5,4: "ninguém deve atribuir-se esta honra, senão aquele que foi chamado por Deus, como Aarão". Esse ministério começara com os apóstolos, escolhidos por Jesus, e se estendera por seus sucessores havia mais de dois milênios, desde a Santa Ceia, quando Ele pediu que assim fosse feito, em Sua memória.
Padre Roque se sentia um elo nessa corrente. Via o despertar da vocação eclesial como uma manifestação divina muito clara, a prova contundente da presença de Deus entre a humanidade. Um acontecimento que não dependia da von-

tade individual, mas de um chamado, como dissera Paulo, uma convocação, a que o indivíduo deveria se entregar humilde e santamente. Porém, cada convocado por Deus era apenas embrião, esperança, promessa; precisava encontrar sementeira segura e um agricultor experiente e devotado. Ele queria ser esse agricultor e durante anos se dedicou à fundação de uma sementeira. A palavra *seminário* vem do latim *seminarium*, que significa "viveiro de plantas".

Mas entre o sonho e o seminário havia a realidade. Sempre ela. Suas boas e sagradas intenções espirituais dependiam de três coisas muito reais: local, dinheiro e autorização do bispo. Nesse ponto tinha inveja dos protestantes; eles podiam fundar seus templos e formar pastores com muito mais facilidade. Talvez tivessem uma compreensão maior do que significava esse "chamado" de Deus. O Deus deles, que na verdade era o mesmo, "chamava" diretamente a pessoa. A Igreja católica tinha se envolvido em burocracias e hierarquias dignas de um órgão estatal. Muitas vezes ele se sentia um funcionário público tentando agilizar processos espirituais.

Padre Roque era apenas o pároco, o responsável por uma paróquia, uma delimitação territorial dentro de um território maior que se chamava diocese, cujo responsável era o bispo, que por sua vez se submetia ao arcebispo e a uma arquidiocese, e este ao papa e à sua arqui-arquidiocese, que era todo o território católico no planeta. Cada membro da hierarquia da Igreja tinha sua jurisdição espiritual, e a dele era bem pequena.

— Fundar um seminário é um passo muito grande — disse-lhe o bispo. — Duvido que sua paróquia tenha condições. É preciso um grande investimento. Não conte com a mitra da diocese. Já temos encargos demais. Precisará de um local para a sede, uma fonte permanente e segura de recursos, empregados, um corpo docente gabaritado... Não quero desanimá-lo, Deus sabe como é importante para nós manter viva a chama do Evangelho e o ardor pelo ministério sacerdotal, mas pior do que não fundar um seminário é fundar um e ele fechar.

Como todo obstinado, e fazendo jus à lenda de incansável, "o homem que nunca se senta", padre Roque arregaçou as mangas da batina e começou a bater de porta em porta. Acreditando piamente que os fins justificavam os meios, mergulhou fundo na política da cidade, disposto a ser mais realista do que o rei. Começou catequizando as senhoras mais poderosas e influentes, esposas e viúvas de vereadores, empresários, médicos, advogados, juiz e prefeito. Não foi difícil convencê-las da importância de um seminário. Incentivou-as a criar o Grupo Mãe Misericordiosa, sob o patrocínio espiritual da Virgem Maria, e nos encontros semanais traçavam "estratégias de convencimento da sociedade", o que geralmente se resumia em cada qual azucrinar seu marido.

Deu certo. O prefeito foi um deles. Prometeu à esposa conseguir uma sede para o seminário e acabou persuadindo o empresário Adolfo Bergamin a ceder sua fazenda, de graça.

Padre Roque estava na reunião em que isso ficou decidido.

Adolfo Bergamin era um industrial riquíssimo, do ramo do minério de ferro, que comprara a fazenda na esperança de que seu filho caçula se interessasse por restaurá-la e abrir uma pousada. Porém, o eterno adolescente, apesar de já ter passado dos trinta anos, nunca havia trabalhado, não via motivos para começar a fazer isso e sequer visitou a propriedade. Adolfo então resolveu ele mesmo se meter no ramo de hotelaria, mas desistiu diante da burocracia necessária para poder fazer obras num bem tombado pelo Patrimônio Histórico.

— Até as paredes tenho de pintar da cor que o Patrimônio quer! — ele reclamou com o prefeito logo no começo da reunião.

— É lei. Não posso fazer nada.

— Você manda na cidade. Pode revogar até a lei da gravidade se quiser.

— A lei da gravidade é universal. Se fosse municipal, eu já teria acabado com ela. Me custou uma fortuna ter que construir o reservatório de água lá no alto do morro. O Patrimônio Histórico é problema federal, não conte comigo.

O reitor não abriu a boca.

— Essa porcaria de fazenda foi o pior negócio que já fiz na vida — o industrial continuou reclamando.

— Não me olhe com essa cara de cão sem dono, meu amigo. Imposto eu não posso tirar. Vou viver de quê?

— Para minha indústria e minha mina você conseguiu isenções...

— Porque são atividades produtivas, e depois eu ganho com o ICMS.

— Então compre a fazenda e transfira a sede da prefeitura para lá.

— Deus me livre e guarde.

— Podia virar uma colônia de férias para seus funcionários.

— E eu lá quero dar moleza para eles?

— Me deixe cavar nela. Se encontro uma jazida de ferro...

— Nem pensar. É área de preservação. O Ibama me crucifica.

— Pelo menos passe uma estrada asfaltada na porta, para valorizar a área — o industrial negociava.

— Isso pode ser, mas não agora. É ano de reeleição. Todo o asfalto já está comprometido com os bairros populares. Escute, Adolfo, eu sei que aquela fazenda não está prestando para nada, está abandonada, o mato crescendo, vai acabar sendo invadida pelo pessoal do MST. Nosso bom padre Roque aqui presente tem uma proposta a lhe fazer.

Padre Roque teve afinal sua chance de falar e foi franco:

— Estou articulando a fundação de um Seminário Diocesano aqui na cidade. Precisamos de um lugar.

— Querem comprar?

— Não temos dinheiro, senhor Adolfo.

— Bom, eu não tinha pensado em alugar, mas é melhor do que nada.

— Não temos dinheiro para alugar também.

— De graça?!

— É.

— O padre está de brincadeira!

— A fazenda continua no seu nome, claro — intercedeu o prefeito. — Eles se encarregam de todas as despesas, inclusive dos empregados, da manutenção, de todas as contas de consumo e das obras.

— Lindo. Mas o que eu ganho com isso?

— Um seminário católico vai trazer muito prestígio para a cidade — padre Roque estava bem preparado. — O bispo vai aparecer por aqui com frequência, e ele é muito influente sobre o governador e os deputados. Metade dos vereadores da câmara daqui é católica, até da oposição. E a bancada católica no Congresso também é grande.

— Tá. Já entendi que o seminário é ótimo para a Igreja e para a prefeitura, mas vou repetir a pergunta: o que eu ganho dando o que é meu de graça?

— A maioria dos vereadores do meu lado, aprovando meus projetos, é sempre bom para você — lembrou o prefeito.

— Você fará parte do conselho do seminário. Será chamado

de benemérito, doador, fará amizade com o bispo e o governador. Eles virão para a inauguração. Padre Roque já garantiu. E está muito animado, não é, padre? Com o seminário, virará reitor.

— É... — O industrial cruzou os braços. — Isso parece ser bom... para o padre Roque.

— É maravilhoso para a sua imagem, meu amigo — o prefeito insistiu. — Terá um enorme prestígio na cidade.

— Eu queria alguma coisa mais concreta.

— O imposto territorial e o predial são muito caros. — O padre usou seu trunfo. — O seminário nem tem meios para pagar. O senhor não pode conseguir isenção, prefeito? Atividade religiosa, sem fins lucrativos, essas coisas. E, se um dia o seminário se mudar, o senhor garantiria a continuidade dessa isenção...

— E abre "licitação" para asfaltar a estrada depois da eleição — insistiu Adolfo.

Todas as vezes que o prefeito ouvia a palavra licitação era obrigado a sorrir. Até os postes da cidade sabiam que seus parentes ganhavam todas.

— Tudo bem — ele suspirou.

E assim foi feito.

* * *

Local da sede garantido, a segunda providência era conseguir uma fonte estável de rendimentos.

Isso não foi difícil para o Grupo Mãe Misericordiosa. Ele se transformou no Grapose, entidade jurídica com CNPJ e tudo, encarregada de "apoiar o reitor, auxiliar na manutenção, implantar os projetos e administrar social e economicamente o seminário", o que consistia basicamente em forçar os maridos a contribuir mensalmente com uma quantia bem gorda.

Para envolvê-los juridicamente, foram obrigados a compor a diretoria. O vice-presidente era o latifundiário e pecuarista marido de dona Vera; como secretário, o dono de uma concessionária de automóveis e tratores; o tesoureiro ficou sendo o diretor da maior agência bancária da cidade; o coordenador de eventos era o presidente da Câmara de vereadores; e o dono da maior loja de materiais de construção tornou-se consultor de obras. Os três restantes eram frei Vasconcelos, como diretor espiritual; padre Roque, reitor e vigário paroquial; e o presidente e conselheiro, o cargo mais importante, de maior prestígio, e que não tinha nada a fazer, foi ofertado com toda a solenidade a Adolfo Bergamin, como o prefeito prometera.

Porém, mesmo depois de todo esse trabalho, o bispo balançou a cabeça negativamente:

— As intenções são extremamente louváveis, mas continuo achando um passo arriscado demais. Você conseguiu fundar os alicerces, mas eles me parecem ainda frágeis para erguer um seminário. A sede não é própria. A fonte de renda vem de uma associação de leigos, todos muito bem-intencionados, mas que podem retirar o apoio sob qualquer pretexto.

Padre Roque exasperou-se. Podia compreender *por que* havia surgido o movimento protestante.

— Mas eu tenho o lugar, o dinheiro e a fé! — protestou.

— Cristo tinha só a fé e fundou uma Igreja.

— No tempo Dele não havia imposto de renda, encargos sociais e advogados trabalhistas. A fé continua o mais importante, claro, mas temos de ser pragmáticos. Já parou para pensar na complexidade da tarefa a que se propõe? Quantos professores e empregados? Quanta responsabilidade? Qualquer mancha respingará na imagem da Igreja, compreende? Por isso temos de ser muito rigorosos.

E não aprovou o seminário.

* * *

Padre Roque nunca sentava, e também nunca desistia. Estudou muito o assunto e teve uma ideia brilhante.

Os seminários católicos na verdade eram dois: o Seminário Menor e o Maior. O Menor era uma casa de formação que preparava o candidato para ingressar no Maior. No Menor entravam os jovens que manifestavam sinais da vocação sacerdotal. Dali eles ingressavam no Seminário Maior, onde faziam a opção por Teologia ou Filosofia. Só ao término do Seminário Maior é que se tornavam presbíteros.

O grave problema era que, apesar da suposta vocação, como reclamava frei Vasconcelos, os rapazes entravam no Seminário Menor vindos de um ensino médio muito deficiente, sem condições intelectuais de acompanhar os estudos básicos, muito menos de passar para o Seminário Maior. Essa era a causa principal das desistências.

A solução da Igreja havia sido criar um terceiro seminário, o propedêutico. O Seminário Propedêutico Diocesano era um período intermediário entre o Menor e o Maior. Propedêutico vinha do grego *propaideú*, "ensinar antes". Uma preparação para o Seminário Maior, em que o seminarista fazia uma revisão do que aprendera no Menor e se preparava para enfrentar as disciplinas do Maior, sem querer fugir apavorado de tudo aquilo.

Padre Roque voltou ao bispo com a proposta:

— Já convenci meus fiéis. Estamos pleiteando a fundação de um Seminário Propedêutico. É muito mais simples, o senhor sabe. Poucos alunos, poucos professores, poucas despesas, pouca duração. Um curso de nove meses. O tempo de gestação. Regime de internato. Algumas visitas aos familiares. Uma intensa vivência comunitária, no caminho, na busca e na descoberta de Cristo. De março a dezembro, senhor. Em novembro uma avaliação. E o seminarista comunica oficialmente se quer ingressar em um Seminário Maior ou desistir. Nove meses para o jovem passar por um intenso processo de discernimento vocacional e adquirir base intelectual para continuar os estudos.

Dessa vez o bispo não teve como recusar:

— Tem minha autorização para fundar seu Seminário Propedêutico na minha diocese. Para esse tipo de seminário tenho certeza de que seus alicerces são suficientes. Parabéns. O senhor é um homem muito tenaz, padre Roque. Mas por que não se senta, homem?

— Eu nunca me sento, senhor. Meu lema é: "Há sempre muito trabalho a fazer".

* * *

Padre Roque considerou aquilo apenas a vitória em uma batalha. Sua guerra particular só seria ganha com a fundação de um Seminário Maior. Mas precisava dar o braço a torcer, o bispo tinha razão: era uma bravata querer abrir um Seminário Maior naquele momento. Mas ele chegaria lá. Cada vez mais realista e pragmático.

Fez tudo em poucos meses. O prefeito queria inaugurar o seminário na véspera da reeleição e com a presença do bispo e do governador.

Montou a equipe de orientadores às pressas. Achou os professores ali mesmo na cidade, e outros, como o frei Vasconcelos, pela internet. Mesmo sem referências, e sem conhecê-lo pessoalmente, deu-lhe o cargo de orientador espiritual. Quem mais poderia se encarregar sozinho de três Conteúdos Informativos: Língua Portuguesa, Virtudes Teologais e Vida Pastoral? Era uma boa economia.

Um esquecimento idiota, porém, quase pôs tudo a perder: os seminaristas. Uma escola precisa de alunos! Com telefonemas desesperados para todos os Seminários Menores de Minas Gerais e de outros estados conseguiu, na última hora, oito rapazes.

Desses oito, no final de um ano apenas dois decidiram ingressar no Seminário Maior da diocese de Belo Horizonte. Seis desistiram.

No ano seguinte já havia 16 seminaristas. Era uma vitória. Mas, por fim, ela se tornou uma grande derrota, porque apenas um prosseguiu os estudos!

Estavam agora no mês de setembro do terceiro ano do Seminário Propedêutico. Em março havia 11 seminaristas inscritos. Agora só restavam quatro!

Se esses quatro desistissem, seu seminário fecharia as portas. Seria um fracasso retumbante.

Um deles provavelmente já estava perdido, teria de ser "convidado a se retirar", o mais discretamente possível, por causa do assédio sexual sobre a filha de criação da mulher do vice-presidente do Grapose.

Só lhe restavam três, então. Frei Vasconcelos tinha de agir rápido. Era preciso evitar um escândalo a qualquer preço.

Por isso, não ajudou em nada a velha e gorda Leonor ter entrado em seu escritório, furiosa, gritando:

— O demônio agora se voltou contra mim! Leia isto! — E jogou um novo bilhete sobre a escrivaninha.

Dona Leonor, o seu cu assopra tanto que parece uma artilharia quando vem chegando a frota. Ele está sempre pronto a peidar. Dispara mais de quinhentos tiros por dia. Não se acham por aí tantos cus assim, tão dispostos a peidar. Nem de noite nem de dia eles descansam. Mas eu estou sendo moralista. A senhora faz bem. O peido tem de ser barulhento mesmo. Peido silencioso, calado, é sorrateiro. Peido fanhoso é peido desconsolado. Não se preocupe. Com uma bunda grande como a sua, o peido tem de ser estrondoso e rasgado, daqueles que deixam o rabo ardendo.

A senhora é uma mulher sem avesso nem direito. Sua cara é igual a sua bunda, sua frente é igual a sua traseira. A diferença deve ser só o cheiro. Se atrás fede tão mau, na frente será a bacalhau?[2]

---

2. Veja nas páginas 148-150 os poemas que inspiraram este bilhete.

· 4 ·

*O que ele prometeria,
não seria castidade,
mas não falar-vos verdade,
e usar de velhacaria.*

— SÃO DOENTES! — vociferou frei Vasconcelos quando colocou os novos poemas impressos sobre a mesa do reitor. — Enfermos morais! Todos os dois!
— Já descobriu?! São *dois* seminaristas? Oh, meu Deus! Só vão nos restar dois!
— Não, padre Roque.... Me refiro a quem escreveu o bilhete obsceno para Leonor e a alma perversa que o inspirou, Gregório de Matos Guerra! Desculpe por conspurcar sua santa mesa, mas leia isto!
E mostrou o Relatório Gregório, atualizado...

* * *

Apesar de tudo, padre Roque quase riu. Se estivesse sozinho não teria se controlado. "Peido fanhoso é peido desconsolado." Aquilo não deixava de ter sua graça... Não a noção de *graça* do catolicismo, a pureza de alma concedida por Deus, muito pelo contrário...

— Já entendi, frei Vasconcelos. O bilhete para Leonor também é do Gregório de Matos Guerra. Obrigado pelo relatório. Mas isso não resolve muito o nosso problema. Leonor quer nos processar por assédio sexual sobre a Vanessa e agora *também* por racismo e danos morais.

— Dona Leonor disse essas palavras? Não me parece vocabulário dela.

— Pois é. Já deve ter advogado trabalhista metido nisso. Este último bilhete que ela me deu é uma fotocópia. Já estão guardando os originais. Que Deus não nos desampare. Consegui acalmá-la um pouco. Disse que já descobri o culpado e ele vai ser expulso do seminário, mas que preciso de provas. Pedi muito que ela não comentasse com ninguém o que está acontecendo. Falei em nome de Jesus. "Católicos e evangélicos têm suas divergências, mas todos adoramos Jesus, não é?" Ela prometeu não fazer nada por enquanto, mas disse que, se isso continuar, vai ter de tomar uma providência. Coitada. Entendo a situação dela. "Sua cara é igual a sua bunda" é realmente demais. Será que ela mostrou isto para o pastor? Não, ela prometeu não contar nada a ele.

Estavam mais uma vez na igreja da paróquia, no escritório do reitor, que andava de um lado para o outro brandindo a pesquisa de frei Vasconcelos com raiva, enquanto o frei, sentado com as duas mãos entre as pernas, acompanhava o vaivém de seu superior como um urubu pousado assistindo a uma partida de tênis.

— A situação é insustentável! — O reitor agarrava a testa com a mão esquerda. — Com certeza esse seminarista pervertido vai continuar escrevendo bilhetes, e não vou poder controlar Leonor por muito tempo. Se ela ao menos fosse católica! Nossa única chance é descobrir qual deles está fazendo isso o mais rápido possível! O que você conseguiu? Já tem alguma pista? Fez o perfil psicológico dos quatro, como eu pedi? Você os conhece muito melhor do que eu.

— Sim, senhor. Vou começar pelo mais novo, o Adílson.

— Vamos lá.

— Tem 17 anos, veio da paróquia do Menino Jesus, família de agricultores, católicos, muito pobres, sem nenhuma instrução. Fez o ensino médio com notas muito boas. Aos 11 anos começou a ter sonhos com a Virgem Maria, e uma tia deu a ideia de ele ser padre. O pai não gostou de perder um braço para a lavoura, mas por outro lado era menos uma boca em casa. Agora estão orgulhosos dos estudos do filho. Não contribuem para o seminário, mesmo porque não têm nada, e o garoto procura gastar o mínimo possível. Só usou uma pasta de dentes até agora, e já estamos em setembro. É muito tímido e se apega aos estudos, às aulas e à disciplina como se fosse a sua única chance de sobrevivência. E acho que é de fato.

— É virgem?

— Bom, senhor reitor, eu...

— É disso que estamos tratando aqui, homem. De sexo!

— É que...

— Não é hora para pudores. Temos que saber, dentre os quatro, qual é o pilantra capaz de perder a cabeça pela garota. O Adílson é virgem?

— Sim, senhor.

— Então deve pensar no assunto dia e noite. Principalmente à noite. Podemos incluí-lo entre os suspeitos. Prossiga.

Frei Vasconcelos olhou uns instantes para o teto, depois prosseguiu:

— Temos o Alan, com 19 anos. Pai desconhecido. Mãe com problemas de bebida. Cinco irmãos. Alan é o caçula.

Os dois irmãos mais velhos têm uma oficina mecânica. A família vive bem. Veio da paróquia de São Sebastião. É o mais articulado e vivido dos quatro. Não presta muita atenção nas aulas, é preguiçoso, mas passa bem em todos os testes. É muito esperto. Acho que é capaz de dar uma missa completa, com sermão e tudo, só enrolando. É muito comunicativo.

— Eu sei. É ele quem comanda todos os bingos do seminário. Por que ele quer ser padre?

— Teve um encontro de fé com a pessoa de Jesus.

— Não, frei. Temos de ser realistas. *Por que* o Alan entrou para o seminário?

— Mas é verdade. São palavras dele. Afirma, jura, ter visto Jesus à noite, no meio da oficina dos irmãos. Tinha voltado de uma festa. A visão mudou a sua vida.

— É virgem?

— Não, senhor. Pelo contrário. Os irmãos levavam prostitutas depois do trabalho. E bebida.

— Acontece de tudo naquela oficina, não é?

— Acredito sinceramente que o Alan passou por uma intensa crise espiritual, sentiu a angústia do pecador, viu as portas do inferno se abrirem para ele e se arrependeu a tempo.

— Não tanto assim, já que acabou pecando *algumas* vezes.

— Oito mulheres.

— Vamos colocá-lo na lista dos suspeitos também.

— Pecado confessado é meio perdoado, reitor. Quem confessa merece perdão. A culpa confessada começa a ser virtude. Não acho que Alan...

— Eu sei que o arrependimento lava a culpa, frei, mas em muitos casos a consciência fica tão limpa e satisfeita consigo mesma que esquece e acaba pecando de novo. Nós mesmos ensinamos que para cada pecado há uma penitência, não é? Então muitos concluem que podem anular pecados novos com novas penitências. O Alan entra na lista pelo mesmo motivo que Adão e Eva foram expulsos do paraíso: comeu o fruto proibido.

— Sim, senhor.

— Oito mulheres... — Padre Roque olhou pela janela, balançando a cabeça. — E calculo que várias vezes com cada uma. Não sobrou nenhuma maçã no pé. Vanessa pode muito bem ter despertado no rapaz saudades das sensações antigas. E ele é esperto o suficiente para espalhar bilhetes durante a noite, sem ninguém notar. Sem falar que não teve pai.

— Não podemos puni-lo por isso.

— É muito difícil ser criado só pela mãe e saber frear as vontades, frei. As mães paparicam os filhos. Só há duas maneiras de tomar decisões: com o cérebro ou com o coração. Com o cérebro é mais difícil. As mães normalmente decidem com o coração e estragam os filhos. É o pai que faz os filhos temerem a autoridade. Alan é indisciplinado e rebelde. Talvez tenha procurado Deus em busca de um pai. Está num bom caminho. Mas isso não o impede de ficar de olho na Vanessa. Vamos em frente.

— O Claudemir... — O frei parou de falar e coçou a cabeça.

Na verdade ele *fingia* coçar, só apertava o dedo e o deixava parado, fazendo movimentos com a mão. Tinha medo de tirar a peruca do lugar.

— É um rapaz estranho. — Padre Roque encostou-se na mesa e cruzou os braços.

— É, sim. Tem 22 anos. Só fala se alguém perguntar. Veio da paróquia de Cruz das Almas.

— Pará. No meio da floresta.

— O caçula da família foi comido por um jacaré. Os pais são migrantes do Sul, ganharam terra de graça do governo, mudaram cheios de esperança, mas se afundaram num inferno de mosquitos e bandidos. O pai é metido com extração ilegal de madeira. Não são pobres. O Claudemir se alfabetizou e fez o ensino médio na escola da paróquia, a única que havia lá no meio do mato, então este nosso seminário é uma forma de ele continuar os estudos.

— Não tem vocação sacerdotal?

— Não sei. É caladão. Uma alma insondável, senhor. É disciplinado, organizado, limpo, meticuloso, mas frio e rígido como uma barra de aço. Às vezes, dá a impressão de que é um fiel fervoroso; quando reza, sinto que sua alma está mesmo em profunda comunhão com Cristo. Mas, em outras ocasiões, parece que está aqui para fugir de alguma coisa, ficar o mais longe possível da floresta e dos pais. E antes que o senhor pergunte, não, não é virgem. Foi praticamente casado com a filha de um colono vizinho.

— O casamento acabou por quê?

— Limitou-se a me dizer que "não deu certo".

— Seus pais nunca vieram visitá-lo.

— Nem telefonam. Ele é um solitário.

— Mais um para a lista.

— Por ser solitário e já ter tido mulher?

— Não, frei. Por ser bonito. E talvez psicótico.

— Bonito?

— É um rapaz do Sul, louro, olhos azuis, forte. Temos de imaginar que Vanessa pode ser um pouco culpada por estar recebendo esses bilhetes.

— E psicótico...?

— Ele é bem estranho, não é? Pode ser capaz de fazer qualquer coisa. Já reparou nos trechos que o nosso safado misterioso selecionou dos poemas do Gregório de Matos? O reitor pegou os bilhetes sobre a mesa. — "Morro porque te quero... Se você me vê, me mata. Se não te vejo, morro. Dê remédio ao meu fogo, nem que seja matando-me. Só a morte cura a quem ama e não possui..." Parece mais suicida do que apaixonado.

— Espero que Vanessa não esteja correndo nenhum risco físico, só moral.

— E o bilhete para Leonor? Não lhe parece raivoso, agressivo? E preconceituoso mesmo. Um louro, descendentes de alemães... Bom, vamos passar para o último. Sandro.

— Esse é diferente de todos os outros, reitor. Vem de família rica, tradicional. Neto de fazendeiro, filho de um dono de frigorífico com uma senhora da alta sociedade de Juiz de Fora, 24 anos. Já deu muito trabalho aos pais. Teve uma passagem pela polícia por porte de maconha, mas era menor de idade, não foi fichado e a família abafou o caso.

— Como Deus entrou na história?

— Doença.

— Com ricos é quase sempre doença.

— Aos 20 teve uma hepatite, complicações no fígado, hemorragias, quase morreu. Ficou um mês num CTI e mais oito na cama, em casa. É filho único. Sua avó materna é católica praticante, fervorosa, líder da Congregação Mariana da paróquia deles. Fez promessa à Virgem Maria e o neto se curou.

— A promessa era dar a alma do neto a Cristo.

— Isso.

— E ele aceitou?

— Cristo aceita a todos que...

— Me refiro ao Sandro, frei.

— Sim. A mãe afirma que durante a doença o filho sofreu uma transformação profunda. Ele leu e releu a biografia de santo Inácio de Loyola e se iluminou. É outra pessoa. Foi praticamente um delinquente juvenil. Tinha moto, dinheiro, muitas namoradas, não estudava nem trabalhava.

— Praticou sexo.

— Ô. "Como se não houvesse amanhã", foram as palavras dele.

Padre Roque voltou a andar pelo escritório, suspirando, olhando para o teto, balançando a cabeça...

— Bom, frei Vasconcelos, voltamos ao ponto de partida. Estamos numa enrascada. Tenho de colocar o Sandro na lista de suspeitos também. Sabe... até acredito que a leitura da biografia de santo Inácio de Loyola possa converter um pecador, mas ele mesmo levou uma vida bem dissoluta antes de encontrar Jesus. Era um pervertido, um soldado sanguinário e se tornou um dos maiores santos da Igreja depois de um ferimento grave na batalha de Pamplona. Como Sandro, ele também ficou meses inválido, aí leu a biografia de santos, desenvolveu aspirações religiosas e decidiu dedicar a vida à nossa Santa Madre Igreja. Também, como Sandro, havia cometido muitos pecados antes de sua conversão.

— Tantos que dizem que sua confissão durou três dias.

— Porém, sinceramente, não ponho a minha mão no fogo por um filhinho de papai mimado aqui no Brasil... Esses são os piores. Os pais dão tudo a eles, menos limites. E as leis não os atingem. São criados sem nenhum receio de seus atos. Os pais sempre acham um jeito de livrá-los da justiça. São amigos dos juízes, têm dinheiro para pagar os melhores advogados. Não me iludo. A justiça no Brasil é como uma teia de aranha. É feita para pegar os insetos, mas não os pássaros grandes.

— Esses rapazes ricos têm o sentimento da impunidade na alma.

— E Sandro descende de senhores de escravos. Não é neto de fazendeiros? A escravidão ainda deve estar no sangue dele. Uma garota como Vanessa, linda, mulata, trabalhando como sua "doméstica", é a imagem da escrava desfrutável. Ah... isso o torna também suspeito de preconceito racial contra Leonor.

— Tenho de concordar com o senhor. Sandro me parece uma mistura do Leôncio, de *A escrava Isaura*, do Bernardo Guimarães, com o Bento, do *Dom Casmurro*, do Machado de Assis. Um persegue uma escrava bonita, o outro frequenta um seminário forçado pela promessa da mãe.

— Tem toda razão! — Padre Roque lembrou-se com um sorriso dos livros lidos há muito tempo. — Muito bem observado. Admiro sua cultura literária, frei. É tão rara hoje em dia.

— Obrigado. Bom, todos os quatro seminaristas são suspeitos.

— Mas temos um trunfo. Você mesmo levantou a lebre. Como acabei de dizer, cultura literária é uma coisa rara. O culpado conhece a obra de Gregório de Matos. Qual dos quatro é capaz disso?

Frei Vasconcelos, já com dor no pescoço por acompanhar o vaivém do reitor, abriu os braços, apoiou as mãos nos joelhos, como um urubu prestes a alçar voo, e falou:

— Já havia pensado nisso. Mas os quatro seminaristas, como qualquer ser humano do planeta hoje em dia, têm acesso à internet. A informação está fora do controle.

— Para o bem e para o mal.

— Pois é.

— Que Deus nos ajude.

— E não nos desampare, senhor.

· 5 ·

Lembra-te Deus, que és pó para humilhar-te,
E como o teu baixel sempre fraqueja
Nos mares da vaidade, onde peleja,
Te põe à vista a terra, onde salvar-te.

Os quatro eram suspeitos.

Para encontrar o culpado só restava mostrar a eles a obra do Boca do Inferno e estudar as reações.

Frei Vasconcelos iniciou a aula de Língua Portuguesa e Literatura normalmente, naquela segunda-feira fria e cinzenta de meados de setembro. Começou com uma revisão da aula anterior, sobre análise sintática. Padre Roque estava presente. Queria avaliar pessoalmente cada seminarista. Era comum ele passar o dia por lá e sua presença não causava estranhamento.

Sentia-se abatido. Em março, com os 11 seminaristas, o salão da sede da fazenda era uma sala de aula agitada, com o calor humano dos jovens, a perspectiva da convivência, das novas amizades. O teor das matérias unia-os numa aura de espiritualidade afetiva. Havia risos e brincadeiras como em qualquer escola, mas também um envolvimento mais profundo, sentiam-se em comunhão com algo maior, a palavra de Deus.

O reitor gostava de lembrar que eram os "escolhidos" de Jesus, "frutos do Cristo", "sócios do projeto divino". Reinava ali uma fraternidade especial. Eram irmãos de caminhada, partilhando a vida, em direção à santidade, ao amor ao próximo, ao aprofundamento da fé, ao despertar da missão vocacional... Mas em maio começaram as desistências. Uma atrás da outra. Cada seminarista que abandonava o grupo era uma chaga que se abria no coração de padre Roque. A sensação de fracasso esmagava sua alma.

Cada perda significava uma renúncia à mensagem de Cristo e abalava o entusiasmo dos que permaneciam. Agora o salão parecia grande demais. A visão melancólica daqueles quatro alunos apenas... Talvez devessem passar as aulas para um dos quartos. Não, isso seria admitir o malogro. Não podia dar o braço a torcer. Se só restasse um seminarista, as aulas particulares continuariam no salão.

Padre Roque tinha consciência da atração que os prazeres do mundo lá fora exerciam sobre aqueles rapazes cheios de vida, com os hormônios borbulhando. O que o seminário oferecia a eles em troca? Sacrifício. Disciplina. Horários rígidos. Estudo. Orações intermináveis. Afastamento do mundo. Castidade. Castidade! Castidade era o mais difícil. A interdição estimulava o interesse. Jeová *queria* que Adão e Eva comessem a maçã. Só podia ser.

O sexo estava no ar. Todo seminário era assim. Talvez se pensasse tanto em sexo em um seminário quanto em santidade. A palavra *seminário* não deriva de "sêmen" à toa. Dava um trabalho danado convencer um rapaz de que para ser santo era necessário ser casto, porque era preciso começar pelo inverso, fazendo que ele fosse um santo para aguentar ser casto.

O sexo era um pensamento constante ali, o mais perigoso, o que vivia sempre beirando o abismo. Se aqueles bilhetes aparecessem em uma escola comum, laica, não causariam maiores problemas e o autor ganharia no máximo uma advertência. Num seminário católico ele tinha de ser expulso, afastado do convívio dos outros, como se acometido por uma moléstia altamente contagiosa.

Como sua missão era difícil... O reitor pedia auxílio a Cristo. Rezava o terço todas as noites, rogando à sua amada Maria que afastasse daqueles jovens as tentações do mundo profano. Tanto empenho... E lá estava Vanessa, chegando para trabalhar, de bicicleta, com seu jeans apertado, a tira da bolsa atravessada entre os seios enormes e rijos, o cabelo preso por um lenço vermelho, os lábios carnudos cantarolando a música que lhe entrava pelos fones de ouvido, linda, completamente alheia aos estragos que fazia na fé de pelo menos um de seus quatro seminaristas.

Pelas janelas do salão todos viram a chegada da garota, como ela esticava a perna para descer da bicicleta, seu caminhar rebolativo em direção à entrada dos fundos. O reitor não foi capaz de suspeitar de nenhum deles. Todos a olharam com a mesma intensidade e todos procuraram disfarçar do mesmo jeito. Até ele mesmo... O único que se manteve concentrado na aula foi frei Vasconcelos. Talvez porque estivesse de frente para o quadro-negro, escrevendo A ESCOLA BARROCA. Depois, num gesto rápido e preciso, sublinhou o título como se cortasse a garganta de um inimigo com o giz.

— Antes de acabar esta aula vou fazer uma breve introdução ao assunto da próxima. Eu já havia explicado a vocês, rapidamente, no segundo trimestre, sobre os estilos de época. Vou começar a me aprofundar num estilo em particular, o barroco, porque ele tem uma importância especial para a Igreja católica. Quem se lembra do que eu falei sobre o barroco?

Adílson levantou o braço:

— Nós pesquisamos na internet a obra do Aleijadinho, senhor. Ficamos até de combinar uma excursão a Congonhas, lembra? Para ver os 12 profetas.

— Muito bem. Aleijadinho é o maior representante do estilo barroco no Brasil *nas artes plásticas*. Eu me detive nele por sua importância evidente para a Igreja, principalmente aqui em Minas Gerais. Mas o estilo barroco também influenciou muito nossa literatura e é fundamental estudá-lo.

Frei Vasconcelos continuou:

— No primeiro século de colonização portuguesa no Brasil não tivemos manifestações literárias próprias. A literatura daquela época tratava dos descobrimentos marítimos, de crônicas da vida dos reis... Tivemos o poema épico de Camões, por exemplo, e aventuras de cavalaria... Quem não conhece o dom Quixote, de Miguel de Cervantes, não é? Tínhamos também relatos de viajantes, narrativas de naufrágios, descrições de paraísos na Terra, o mito do Eldorado... O mundo ocidental estava se expandindo, o comércio crescia muito, surgiam novos mercados e fontes de riqueza. Era um período conhecido como renascimento, em que uma nova classe social emergia com força, a burguesia, atropelando as relações medievais, o feudalismo, com o chamado capitalismo mercantil. A sociedade passava por uma grande transformação. Muito progresso material, descoberta de outros povos, intercâmbios culturais. Para o homem medieval ocidental, o centro do universo era Deus; isso se chama teocentrismo. Com o renascimento, o centro do universo passou a ser o próprio ser humano; isso se chama antropocentrismo. Não são só palavras para decorar, não. São estados de espírito muito diferentes! Ter ou não ter Deus como centro do universo faz uma diferença danada!

Dava gosto ver a empolgação de frei Vasconcelos. Era um grande professor. Padre Roque, "casualmente" de pé, apoiado no batente de uma das janelas, de maneira que pudesse observar os quatro seminaristas de frente, começou a prestar atenção de verdade à aula. Teve até vontade de sentar, mas não fez isso. Nunca fazia.

— Claro — continuou o frei —, todas essas classificações são muito generalizantes, essas oposições nunca são tão claras assim, tudo aparece misturado... Mas a gente necessita dessas construções artificiais para entender, criar um método de avaliação... Enfim, podemos nos arriscar a dizer que havia dois estados de espírito conflitantes naquele período e que esses estados de espírito diferentes se expressaram na arte. Durante o renascimento, o estilo foi a clareza, as linhas retas, os propósitos definidos, a nitidez, a razão, a ciência, o humanismo, o gosto pelas coisas terrenas, as satisfações carnais. Foi chamado de classicismo. Antes, na Idade Média, quando o centro do mundo era Deus, o estilo era emocional, expressava o fervor da fé, o misticismo. A transcendência era muito mais importante que este mundo material em que vivemos. O espírito, e não a carne! O espírito, e NÃO A CARNE!

Frei Vasconcelos apontou o giz na direção de cada um dos quatro, ameaçador, como uma ave agourenta marcando sua vítima. O reitor entendeu que era uma dica para ele avaliar a reação dos rapazes. Haviam combinado algumas, mas tinha medo de que o professor exagerasse nas armadilhas. Na verdade, padre Roque muitas vezes se perguntava se a rigidez de costumes do frei não era um dos motivos de tantas desistências entre os seminaristas. Ter um "frei Urubu" como orientador espiritual não devia ser fácil.

A menção veemente às tentações carnais provocou apenas um sorriso maroto em Alan. Claudemir pareceu se ajeitar na cadeira, mas elas eram mesmo desconfortáveis. Sandro coçou o queixo e mirou o infinito. Adílson continuou olhando o professor sem mexer um músculo do rosto.

O professor bateu com o giz no quadro-negro e prosseguiu:

— O estudo dessa época é importante para este Seminário Propedêutico porque faz parte da História e teve grande influência no destino terreno da Igreja católica. Nós dominamos espiritualmente a era medieval no Ocidente. A fé na autoridade da Igreja e no santo papa era irrestrita. Com o advento do renascimento e de uma nova mentalidade, materialista, capitalista, individualista, antropocêntrica, a Igreja também se dividiu, a autoridade do papa começou a ser contestada, e surgiu o protestantismo, um movimento conhecido como Reforma, iniciado por Lutero e Calvino, que nós já estudamos no começo do ano. Peço que releiam suas anotações sobre os protestantes no horário de estudo. Continuando... A Reforma foi uma divisão na Igreja católica. Uma parte de nós passou para o outro lado, o capitalismo mercantil, o renascimento, o individualismo, etc. Houve então uma reação. Nós nos organizamos em um movimento chamado Contrarreforma. Lembram-se da aula? Releiam também. A Contrarreforma começou como uma reação natural de retorno ao estado de espírito medieval, a ter Deus como centro do universo, à fé irrestrita no poder papal, ao misticismo, ao mundo pré-capitalista, às relações feudais...

O frei juntou as mãos nas costas e começou a andar de um lado para o outro, olhando o teto.

— Naturalmente isso não foi possível. Algumas conquistas humanas do renascimento eram incontornáveis. O homem não se conformava mais em abrir mão das novidades da vida terrena. As caravelas das grandes navegações não davam ré. Não era possível renunciar às novas conquistas. O mundo e as consciências tinham realmente se expandido. Não havia retorno. Por uma questão de justiça, a Igreja precisava reconhecer isso, certo progresso nas mentalidades, dar o braço a torcer... Mas, por outro lado, tínhamos certeza de que nossos valores espirituais eram superiores! Não podíamos perder a liderança! O espírito moderno, carnal, material, não podia dominar o mundo.

Voltou-se de repente para os alunos, com os braços levantados e os punhos fechados, a mão direita esmagando o giz:

— Deus precisava retornar ao centro! Lutamos por isso. Fizemos a Contrarreforma. Aí aconteceu um momento único na história do Ocidente. Durante um longo período, duas forças poderosas, dois estados de espírito completamente diferentes um do outro, passaram a existir ao mesmo tempo, disputando as consciências. E então as consciências se dividiram: antropocêntricos *versus* teocêntricos. Razão e fé. Matéria e espírito! A batalha do...

— Em que época foi isso? — Sandro interrompeu.

Contrariado, frei Vasconcelos foi obrigado a abaixar os braços para responder:

— Final do século XV, começo do XVI. E principalmente na Espanha e em Portugal. Sem esquecer que, de 1580 a 1640, Portugal pertenceu à Espanha, então tudo era praticamente uma coisa só, a península Ibérica. Vocês imaginem, então, duas mentalidades opostas, uma a antítese da outra, irreconciliáveis... Uma, a Reforma, senhora do plano terreno. — Virou de costas para os seminaristas e com o giz traçou uma reta horizontal no quadro. — Outra, nossa Contrarreforma, senhora do plano espiritual. — Traçou uma linha vertical cortando a outra ao meio e voltou-se novamente para eles. — Tínhamos o "homem aberto", voltado para o Céu, e o "homem fechado", voltado para a Terra. A ligação do homem com o divino fora cortada pelo renascimento, mas, apesar de todas as conquistas materiais, a humanidade estava saudosa daquela antiga religiosidade medieval. Então nesse período, Sandro, o século XVII, o Ocidente conviveu com um estado de espírito dividido entre duas forças opostas. — Apontou para o desenho. — Isto não é uma cruz, é uma encruzilhada... E ela gerou a expressão artística conhecida como barroco, que vamos estudar nas próximas aulas.

O reitor tinha de reconhecer... Uma introdução brilhante! Chegou a apertar a mão de frei Vasconcelos, o que provocou aplausos tímidos dos seminaristas. Um bom professor era algo comovente. Quem acreditaria haver uma segunda intenção naquela aula? Era mesmo incrível. Por momentos padre Roque até havia esquecido os malditos bilhetes. Porém, quando foi à cozinha provar uma das coxinhas de frango caipira com polenta e quiabo que seriam servidas no almoço, Leonor o levou para fora, até o meio dos varais, parou diante de um avental ainda pendurado, tirou um pequeno papel pautado de um dos bolsos, desdobrou-o como se fosse um despacho de macumba e entregou a ele, apontando:

— Estava aí nesse avental, hoje cedo. Deixei pro senhor ver. Gosto do senhor, reitor, eu o respeito muito, mas agora chega! Por Nosso Senhor Jesus Cristo! É demais!

Vanessa, desvelo dos meus sentidos, já adivinho teus gemidos. Quando te vejo passar, deixas-me a alma perdida. Se podes me dar a vida, por que me querer matar? Nada alcança quem não sofre. Não perco a esperança de ser o galo em teu poleiro.[3]

---

3. Veja os poemas que inspiraram este bilhete nas páginas 151-152.

· 6 ·

Em todo o Sacramento está Deus todo,
E todo assiste inteiro em qualquer parte,
E feito em partes todo em toda a parte,
Em qualquer parte sempre fica o todo.

Num dos seis quartos havia sido improvisada uma capela, com bancos, altar de madeira e ao fundo um grande painel da Virgem Maria olhando para o céu. O céu no caso era uma feia mancha de umidade no forro de madeira provocada por uma goteira. Frei Vasconcelos e padre Roque estavam lá, sozinhos, de porta fechada. O frei, sentado, acompanhava os movimentos do reitor, apertando nas mãos o Relatório Gregório, com os poemas que haviam servido de inspiração para o último bilhete para Vanessa.

O reitor caminhava de um lado para o outro, lendo mais uma vez a lista com os horários do seminário:

6h30	Despertar
6h50	Oração da manhã
7h20	Café, limpeza da casa e leitura
8h10	Oração vocacional e meditação

9h00	Aula
10h00	Intervalo
10h15	Aula
11h15	Intervalo
11h30	Oração
12h00	Almoço
13h00	Atividades manuais
15h00	Banho e lanche
15h45	Aula
16h45	Intervalo
17h00	Aula
18h00	Celebração eucarística
18h30	Reza do terço
19h00	Jantar
20h00	Leitura e estudo
22h30	Oração da noite
23h00	Silêncio absoluto

— Esse depravado só pode colocar seus bilhetes entre as onze da noite e seis e meia da manhã. É o único período em que os seminaristas ficam sozinhos. Vamos descontar uma hora à noite e mais uma pela manhã. Ele certamente espera para ter certeza de que estão todos dormindo ou que ainda não acordaram. Então temos um período de ação de cinco horas e meia. Aqui é muito silencioso à noite. Você nunca ouviu nada?

— Não, senhor.

— Seu quarto é embaixo. Essas tábuas não rangem? Escute só... Elas estão rangendo agora, enquanto eu ando! — Padre Roque estava irritado, controlando-se para não descontar em alguém.

— Nunca ouvi nada, senhor. E meu sono não é pesado. Farei vigília.

— Espere... Claro, isso explica as tábuas não rangerem! Ele pula pela janela do quarto, passa pelo lado de fora da casa, coloca o bilhete no avental no varal e...

— Alguns foram encontrados dentro de casa, na cozinha.

— O piso da cozinha não é de tábuas. É cimentado. Não faz barulho.

— As janelas estariam fechadas. A porta, trancada — argumentou frei Vasconcelos.

— O bandido pode ter feito uma chave. Vamos examinar as janelas dos quartos deles pelo lado de fora. — Padre Roque consultou novamente a lista. — Estão nas atividades manuais.

— Foram consertar a cerca lá na beira da estrada.

— Vanessa e Leonor estão ocupadas lavando a louça do almoço. Vamos.

Os seminaristas dividiam dois quartos geminados, dois em cada quarto. Descobrindo indícios de que alguém estava pulando a janela, dois seriam inocentados. Já seria algum avanço.

Não gastaram muito tempo com a investigação. As duas janelas, vizinhas, davam para um canteiro comum, de dois metros de largura e ocupando toda uma das laterais da casa. Era inteiramente coberto de onze-horas vermelhas e brancas, umas grudadas nas outras. Padre Roque parou diante delas, com as mãos nos quadris, balançando a cabeça.

— Até um gambá pequeno amassaria muitas dessas... — constatou o frei.

— Eu sei! Eu sei!

Voltaram à capela.

— Vou passar a noite acordado — prometeu o frei.

— Não vai conseguir.

— Dormirei aqui em cima. Ficarei de plantão.

— Vão desconfiar. Essa é minha maior preocupação. Temos de descobrir o culpado e expulsá-lo sem que ninguém saiba de nada. Quando é que vai falar do Gregório de Matos?

— Amanhã. Na aula das nove.

— Estarei aqui para assistir.

— Ficarei de olho neles o resto do dia.

— Sim. Mas muito cuidado para que não percebam nada.

* * *

Antes de ir, o reitor foi se despedir de Leonor.

— Falei com o pastor — ela avisou.

— Você NÃO FEZ ISSO!! Você *prometeu*!

— Tenho responsabilidades para com a menina. E não posso esconder nada dele. Telefonei. Ele não vai falar nada para ninguém, mas quer ter uma conversa particular com o senhor. Vai lá na igreja no final da tarde.

— Tudo bem.

O reitor sorriu, concordou, não podia irritá-la, piorar a situação. Estava nas mãos dela. Tinha vontade de explodir.

Entrou no seu carro, apertou o volante com força e ficou olhando o infinito através do para-brisa. Vanessa entrou no infinito. Recolhia roupas no varal. Usava um vestido simples, um tecido fino e estampado que marcava as curvas de seu corpo. Soltara os cabelos, e eles desciam em ondas volumosas quase até os cotovelos. Toda ela eram curvas. Vanessa era barroca.

Ao sol daquela tarde sua pele parecia banhada em ouro, como a dos anjos barrocos. As sensações da juventude o invadiram. Aquelas duas batatas da perna por si só já justificavam todos os bilhetes. Chegava a ter pena do seminarista que os escrevia. Olhou a lista de horários que jogara com raiva do banco do carona. Oração da manhã... Meditação... Celebração eucarística... Terço... Oração da noite... Nada daquilo era páreo para batatas da perna assim. Sem falar no "rebuliço de ancas"... Vanessa era uma arma injusta na batalha da carne contra o espírito. Suspirou.

"Tenho de pegar o bandido ou fecham meu seminário. Que Deus me ajude e Gregório não atrapalhe."

Ligou o carro e partiu.

* * *

O pastor evangélico chegou às 19h30.

Ele se chamava Estanislau, quarenta e poucos anos, forte, bem-disposto, vestia um terno escuro, cabelo e bigode bem aparados, voz clara e firme e um aperto de mão que era como enfiar os dedos em um torno.

Já se conheciam de vista, a cidade era pequena, respeitavam-se, cumprimentavam-se na rua, mas era a primeira vez que se falavam.

— Estou ciente de tudo — disse o pastor. — Dona Leonor me colocou a par dos bilhetes inconvenientes para a moça e das agressões a sua pessoa. O caso é grave.

— Com certeza. E os maiores prejudicados somos eu e meu seminário.

— Ela teme que o culpado não fique só nos bilhetes.

— Como assim?

— Ele pode tentar alguma coisa física contra a menina.

— Não creio, senhor Estanislau. São seminaristas. Passam o dia rezando, meditando, lendo e estudando assuntos religiosos. São leitores da Bíblia, como os jovens de sua igreja.

— Leonor me mostrou os bilhetes.

— É coisa de rapaz. E culto. Nem são textos originais, sabia? Foram tirados de um famoso poeta baiano chamado Gregório de Matos Guerra. Um sujeito perigoso não faria pesquisa literária antes de atacar uma moça. — Tentou demonstrar segurança com um sorriso tranquilo, mas teve certeza de não haver conseguido.

— Dele ou não, os bilhetes parecem claramente ser de um psicopata.

"Como negar? Até eu já pensei nisso."

— O senhor se preocupa com seu seminário, eu compreendo e respeito — continuou o pastor —, mas o mais importante neste caso é preservar a integridade física dessa garota, a Vanessa. Ela está sob a responsabilidade de dona Leonor, que tem todo o direito, e até o dever, de alertar a polícia de que...

— POLÍCIA?!

— O senhor não havia pensado nisso? Por que o espanto? Vanessa pode ser atacada, violentada!

— Não exagere.

— Há um desequilibrado morando no seu seminário, padre Roque. Admita. Esses bilhetes não são de um rapaz normal. Esse Gregório de Matos devia ir preso também.

— Ele morreu em 1682.

— Fico feliz em saber que um homem assim já não está entre nós há muito tempo. Glória a Deus. Como eu disse, é preciso chamar a polícia, encostar os quatro seminaristas na parede, arrancar a verdade, antes que algo pior aconteça!

"E a cidade inteira ficar sabendo? É isso que você quer, não é? Pode tirar o cavalo da chuva, meu amigo."

— Pastor, o senhor tem toda razão. É claro que tomarei essa providência o mais breve possível. A honra e a integridade física de Vanessa estão acima de qualquer coisa. Acontece que, como já expliquei à dona Leonor, já sei quem é o autor dessa brincadeira... Calma, tenho certeza de que é uma *brincadeira* e de que Vanessa não corre perigo... E ele será expulso daqui a três dias, no máximo. Hoje é segunda? Quarta, no mais tardar, estará tudo resolvido, em nome de Jesus. Preciso apenas juntar as provas. Não se pode acusar um seminarista de uma falta dessas sem provas. Isso manchará seu currículo e pode afastar uma alma dos caminhos de Cristo, que é uma coisa que nem eu nem o senhor queremos, não é? Tem a minha palavra! Eu não arriscaria minha reputação nem a da minha paróquia, muito menos a segurança de Vanessa.

— Muito bem. Se até quarta não...

— Não termine a frase, senhor Estanislau. Ela pode soar como uma ameaça e isso não seria digno de acontecer entre dois pastores com rebanhos tão grandes quanto os nossos. Já lhe dei minha palavra. Tenho certeza de que isso basta, não é? E fique tranquilo. Conheço bem o rapaz. É completamente inofensivo. Não faria mal a uma mosca. Se o que escreveu parece coisa de psicopata, a culpa é do Gregório de Matos Guerra.

— Há também a questão do racismo. Dona Leonor foi insultada. Temos o original do bilhete... "Sua frente é igual a sua traseira..." O crime de discriminação racial é muito grave.

— Ter a frente igual à traseira não é característica racial, meu amigo. Mas tudo isso é mesmo imperdoável. Concordo plenamente. Quando expulsar o culpado do seminário, ele poderá ser processado, claro. Mas vou lembrar mais uma vez: a culpa é do Gregório de Matos. Não estou brincando. Ele viveu em Salvador, no século XVII, e naquela época não havia o que chamamos hoje de politicamente correto. Acusar seus poemas de racistas é um anacronismo. Ele ficou famoso e se tornou um clássico de nossa literatura, justamente por ser um poeta satírico e esculhambar com todo mundo, negros, brancos, mulatos, padres, políticos, nobres... O senhor precisa ler o que ele escreveu sobre o nosso clero da época. É para deixar furioso até um santo de barro.

— Mas estamos no século XXI e hoje em dia isso é ofensa grave!

— Com certeza. Só estou tentando avisar o que um bom advogado de defesa pode alegar.

— O senhor parece estar levando este caso um pouco na brincadeira.

— E o senhor não poderia estar mais enganado, pastor. É o pior momento da minha vida. Posso ver meu sonho antigo ser destruído por um rapaz tolo e um poeta baiano morto há trezentos anos.

"E agora estou sendo sincero."

— Até quarta, senhor Estanislau. O interesse é meu, acredite. E fale com Leonor para ficar absolutamente tranquila. Está tudo sob controle.

— Ela me pediu para ir lá orar pela fazenda, está convencida de que o demônio tomou conta da alma de um dos rapazes, mas acho que não fica bem um pastor evangélico orar por um seminário católico.

— Se pudermos evitar isso seria bom, não é? A não ser que o senhor depois me convide para rezar uma missa no seu templo. *Agora* estou brincando, pastor.

— Bom, vou indo então.

— Não quer tomar um café ou um chá?

— Não vou mais ocupar seu tempo. Deve estar com pressa. Nem se sentou.

— Eu nunca me sento, não sabia? Há sempre muito a fazer. A vida é breve. Terei toda a eternidade para descansar.

Quando padre Roque ficou a sós, entrou na igreja e ajoelhou diante do altar para rezar e meditar. Ele nunca sentava, mas aprendera a relaxar ajoelhado, graças à fé e a dois grandes calos que tornavam seus joelhos insensíveis. Porém não conseguiu se concentrar, seus pensamentos pulavam do diálogo com o pastor Estanislau para a aula do frei Vasconcelos e vice-versa.

Quatro séculos haviam passado e ele acabava de ter uma desavença com um protestante. Reforma e Contrarreforma. A velha disputa. É claro que o pastor queria aproveitar a situação para deixar o seminário mal. Chamar a polícia? Era só o que faltava. Racismo? Ele queria era denegrir a imagem do seminário. Opa, não podia usar a palavra *denegrir*, era preconceituosa. Por que não *embranquecer*?

Mas ele tinha se saído bem. Muito bem. Conseguira adiar o problema até quarta. Só não tinha a mínima ideia do que fazer se não encontrasse o culpado até lá. Havia mentido. Descaradamente. Não tinha a menor ideia da identidade do miserável tarado que... Não. Precisava compreender e amá-lo na sua fraqueza carnal. E descobri-lo e colocá-lo na rua sem escândalo. Mentir era pecado. Mas os fins justificavam os meios. Precisava acreditar nisso piamente ou não haveria mais seminário. Templos protestantes brotando por todo lado e um seminário católico fechando? De jeito nenhum. Tinha de lutar, se defender dos ataques dos protestantes. Ele era católico! Ele era a Contrarreforma!

"Guerra é guerra. Até o Gregório de Matos é Guerra!"

Aquele não era o local nem o momento para trocadilhos. Melhor se preparar para o dia seguinte, rezar o terço, deitar e tentar dormir.

· 7 ·

Cresce o desejo, falta o sofrimento,
Sofrendo morro, morro desejando,
Por uma, e outra parte estou penando
Sem poder dar alívio a meu tormento.

Padre Roque fez uma oração silenciosa enquanto vestia a batina, pediu que Maria o iluminasse, aquele dia seria decisivo, e saiu em jejum. Seu carro velho custou a pegar na manhã fria. A neblina espessa que cobria a estrada era uma metáfora viva da indefinição do que viria pela frente.

Às 6h50 estava na capela improvisada, participando da oração da manhã, com frei Vasconcelos e os quatro seminaristas. Ele próprio conduzia a reza em louvor à Maria. Estava dando trabalho à Virgem aquela manhã. Em seguida foram tomar café juntos.

O café da manhã era preparado pelos próprios seminaristas. Depois os quatro rapazes faziam a limpeza da cozinha e dos banheiros e varriam a casa toda. Descansavam um pouco no quarto, rezando, lendo um trecho da Bíblia e meditando sobre ele antes da primeira aula. Leonor só chegava às 9 horas; Vanessa às 10h30.

O reitor tinha um pequeno escritório na sede da fazenda, onde guardava os arquivos do seminário e recebia alunos e professores para conversas reservadas. Trancou-se lá com o frei Vasconcelos.

Contou toda a conversa com o pastor Estanislau e sobre o prazo que tinha dado a ele, antes que envolvessem até a polícia e o escândalo explodisse.

— Que absurdo! — o frei se indignou. — É claro que a menina não corre nenhum perigo físico. São apenas bilhetes. Esta é uma instituição sagrada!

— Reforma, meu amigo. E Contrarreforma. E tudo em nome de Jesus. Não importa. Temos de achar o culpado. Mas teremos problemas. Quando você falar sobre o Gregório de Matos, ele vai entender que descobrimos tudo. Se for esperto, não o pegamos, ficará mais precavido ainda e vai dificultar nosso trabalho.

— Tem razão.

— Teremos de ser incisivos. Tive uma ideia excelente esta noite. Talvez seja nossa única oportunidade. No final da aula você vai fazer o seguinte...

* * *

O reitor, mais uma vez, encostou "casualmente" na janela e ficou de pé, assistindo.

Às 9 horas em ponto frei Vasconcelos começou a aula de Língua Portuguesa e Literatura. Traçou novamente com giz no quadro uma linha horizontal, cortada por uma vertical.

— Como eu disse no final da última aula, a consciência do homem ocidental nos séculos XVI e XVII estava dividida entre a razão e a fé, a carne e o espírito, a ciência e a religião, teocentrismo e antropocentrismo, catolicismo e protestantismo, Reforma e Contrarreforma... Essas forças opostas provocaram um estado de tensão no pensamento da época, e a arte, em vez de se dividir em duas formas também opostas, acabou absorvendo-as e as conciliou num estilo que chamamos...

Ele reforçou as linhas e bateu o giz sobre o ponto de intersecção:

— É um sinal de "mais", não é?

E escreveu embaixo BARROCO.

— Dizem que essa foi uma estratégia consciente da Igreja católica... Não se pode provar isso, mas sempre fomos muito espertos e pragmáticos, não é? — Sorriu para o reitor. — A verdade é que o nosso movimento, a Contrarreforma, apoiou com entusiasmo o estilo barroco. É só passear por nossas igrejas aqui de Minas para comprovar isso. Revejam a obra de Aleijadinho na internet. Ou seja, nós *absorvemos* os dilemas da época, não o *negamos*. Procuramos uma síntese, uma conciliação. Não radicalizamos. O barroco foi isso. Essa "confusão" espiritual. Se no classicismo do renascimento a linha era reta e pura, feita para ir de um ponto a outro, no barroco ela é curva, sinuosa, sobe numa espiral.

As palavras "curva" e "sinuosa" fizeram padre Roque analisar a reação dos seminaristas à procura de algum indício de pensamento pecaminoso a respeito de Vanessa. Não encontrou nenhum e ficou apreensivo ao pensar que foi *nele* que a associação surgiu.

— O barroco é um estilo de arte — continuou o frei —, mas é também um estilo de vida, de pensamento. É fruto de uma circunstância histórica. O mundo estava se transformando e o homem ocidental ficou confuso mesmo. Por um lado, havia se rebelado contra o mundo medieval, contra a fé; por outro, sentiu que a razão não era suficiente, precisava de

Deus, queria reencontrar o fio perdido da tradição cristã. Desses contrastes, dessa batalha, surgiram obras que parecem desarmônicas... exaltam ao mesmo tempo o ascetismo e a sensualidade, o céu e a terra, a luz e a treva... O barroco é contraditório, quer reaproximar o homem de Deus, mas expressando também seu lado carnal. Quer conciliar as heranças renascentista e medieval, então acaba sensualizando a religião e espiritualizando o sexo. Quer que Deus entre pelos sentidos. Quer tirar o máximo efeito das impressões sensoriais, da carne, então fala da crueldade, da dor, do sangue, de tudo que é repugnante, da feiura, da morte, da decomposição, dos túmulos, das caveiras!

Talvez não devesse se exaltar tanto. Andava entre os alunos como um urubu furioso analisando carniças. Não era bom deixá-los assustados daquele jeito.

— A dor e a alegria. A tranquilidade e o êxtase. O arrependimento e o prazer. A vergonha e o despudor. Tudo para refletir a tensão e a violência interior daquelas almas dilaceradas!

Três estavam com os dedos crispados na borda das mesas e olhos muito abertos, principalmente Adílson. O único que parecia achar aquilo um pouco engraçado e exagerado era Alan, mas disfarçava seu cinismo franzindo um pouco a testa, procurando imitar atenção.

— O que nos diz o artista barroco? A vida é sonho. É teatro. É comédia. É MENTIRA! E eles nos mostram isso! Não escondem. Qual o propósito? Eu digo. Causar aversão. Sim. Aversão pela existência terrena. AVERSÃO! Pelos desejos da carne. AVERSÃO PELA CARNE! Pelo prazer. Pela tentação. Mas não querem difundir isso *ocultando*, e sim *mostrando*. Mostrando a podridão dos costumes, do sexo. Por quê? Porque mostrando a corrupção dos sentidos, o veneno dos prazeres terrenos, estão dizendo que o único antídoto é a religião!

Talvez funcionasse. Agora até Alan estava visivelmente assustado. Na verdade, até ele mesmo. Se conseguisse salvar o seminário, talvez fosse melhor arranjar um orientador espiritual menos radical. Frei Vasconcelos parecia meio maluco, trocando as perucas, dormindo sobre tábuas, sem colchão nem travesseiro, e tudo o mais...

— Como eu falei na introdução da aula de ontem, no primeiro século depois do descobrimento não tivemos manifestações literárias próprias. Porém, nos anos 1600, quando a literatura surgiu no Brasil, seu estilo foi o barroco, porque ele estava vigorando com toda força no mundo ocidental. Por aqui ele se manifestou principalmente na literatura produzida pelos jesuítas, como a do nosso amado José de Anchieta, cuja obra estudamos no semestre passado. Temos também o grande padre Antônio Vieira. Vocês já conhecem alguns sermões dele. Um orador magnífico. Anchieta e Vieira eram jesuítas, e os jesuítas foram os maiores "soldados" da Contrarreforma. A Contrarreforma se expressou no estilo barroco. No estudo da língua portuguesa no Brasil é fundamental entender o barroco e seus criadores, porque foi com eles que tudo começou. Bom... Três escritores se destacaram no barroco brasileiro. Nós já tratamos de dois deles: Anchieta e Vieira. O primeiro na catequese das almas simples. O segundo, na oratória, no convencimento das almas superiores, no discurso sagrado e moral. Mas faltava falar do terceiro.

Frei Vasconcelos deu uma olhada rápida para o reitor. "É agora."

— O terceiro se chama... GREGÓRIO DE MATOS!

Foi alto demais. Até padre Roque se espantou. Adílson deixou cair a caneta. Alan sacudiu-se ligeiramente para trás, como em um soluço. Claudemir fechou os dois punhos ao mesmo tempo. Sandro puxou o caderno contra o corpo. O reitor procurou avidamente algum indício revelador de que um deles já conhecia o escritor. Passado o susto provocado pelo grito do professor, Adílson apenas anotou o nome do poeta no caderno; Alan continuou prestando atenção na aula, normalmente; Sandro sorriu, cinicamente, e trocou um olhar rápido com o reitor, como se dissesse "Esse sujeito é completamente doido". Pareciam reações normais. Só Claudemir fez algo estranho: não fez nada. Nem piscou. A caneta parou, rígida, entre os dedos. O olhar fixo no frei. Seu único movimento foi morder os lábios, muito ligeiramente. Era um rapaz estranho mesmo, misterioso, mas aquela tensão parecia incriminá-lo. Tudo indicava que era o único que conhecia Gregório de Matos e tentava disfarçar isso.

— Gregório de Matos... Quem já ouviu falar dele?

O frei foi direto. Para surpresa do reitor, Sandro e Alan levantaram o braço.

— Esse Gregório é parceiro do Caetano Veloso numa música — lembrou Sandro. — Como é que pode? Se já morreu há tanto tempo.

— O Caetano *botou música* num poema desse Gregório. Meu irmão tinha o CD. — E Alan cantarolou: — Triiiiiiste Bahia, oh quão dessemelhaaaaaante... Pobre me vejo a tiiiii.... Tu a mim empenhaaaaado...

Se Claudemir conhecia o poeta, por que não levantou o braço? Se não conhecia, por que fechou os punhos nervosamente? E se Sandro ou Alan tivessem levantado o braço para disfarçar? Podiam ser culpados, terem percebido a armadilha e mostrado que conheciam Gregório e não escondiam isso porque não tinham o que esconder. E se Adílson ter ficado quieto no seu canto fosse a prova da sua culpa? A caneta ter caído no chão não havia sido uma reação nervosa comprometedora? Jogara-a de propósito para disfarçar o embaraço?

Padre Roque estava confuso, aflito para chegar a alguma conclusão sem conseguir.

Frei Vasconcelos começou a falar sobre o poeta:

— Desses três, Gregório de Matos foi o que mais encarnou o espírito barroco. Muitos estudiosos o consideram o pai da literatura brasileira. Com certeza foi nosso primeiro grande poeta. Anchieta e Vieira eram almas religiosas, místicas, sempre em comunhão com Deus. Gregório, não. Ele de fato misturou religiosidade com sensualidade, valores terrenos e carnais com aspirações espirituais. Ao fazer isso, acabou expressando o povo que surgia nesta pátria nova, desta mistura de negros, indígenas e portugueses. Ele possuía a *loucura da terra*, como disse um crítico. Anchieta e Vieira não tinham essa loucura. Eram militantes jesuítas, portugueses, catequistas. Não captaram o *sentimento* de ser brasileiro, entendem? Gregório era um iconoclasta. Fazia sátira aos costumes, uma tradição na península Ibérica. Para o bem e para o mal. Afirmam que ele foi o primeiro artista a sentir e expressar a separação que ia se processando entre a língua portuguesa e a "brasileira". Foi o primeiro a usar termos tupis e africanos. E tudo isso no mais puro estilo barroco!

Frei Vasconcelos tornou-se mais enfático:

— Ele é o exemplo perfeito do artista barroco, o FOGO da paixão e a consciência do PECADO. Um homem perdido. Um poeta trágico. Foi longe demais em sua licenciosidade e pagou CARO por isso! Muito CARO!

Aquela ênfase não estava adiantando mais. Àquela altura, o culpado já percebera a manobra e dificilmente se trairia. Falhara a primeira arapuca armada contra o safado. Agora só restava a última, conforme combinara com o frei.

No final da aula.

· 8 ·

*Muitos por vias erradas
têm acertos mui perfeitos,
muitos por meios direitos,
não dão sem erro as passadas.*

A aula seguia:
— Gregório de Matos Guerra nasceu em 1636, na Bahia, e foi criado em Salvador, que era então a capital do Brasil. Seus pais eram ricos, tinham terras e escravos. Começou os estudos no Colégio dos Jesuítas. Aos 14 anos foi para Portugal. Formou-se em Direito Canônico, em Coimbra. É preciso lembrar que no regime monárquico os poderes político e religioso se misturavam. A Igreja precisava do regime autoritário para levar adiante sua missão de evangelização da humanidade, e o rei precisava de nós para legitimar seu direito divino de colocar a coroa na cabeça. Então havia a "justiça eclesiástica" e o "poder do império", que eram como uma coisa só. Ambos julgavam a partir da noção de "pecado". As leis em Portugal eram criadas a partir da moral católica, então a Igreja podia julgar qualquer um, independentemente da religião. Os tribunais eclesiásticos eram tão poderosos quanto os do rei. O

Direito Canônico, em que Gregório de Matos se formou, fundamentava a justiça eclesiástica. Era uma mistura de direito romano e direito feudal, e havia sido bem definido pelo Concílio de Trento, realizado um século antes. Quem lembra o que foi esse Concílio de Trento? Vocês estudaram isso nas aulas de Documentos da Igreja. Ele é muito importante para se entender a época de Gregório de Matos e o barroco.

— Foi convocado pelo papa Paulo III e é considerado o concílio mais importante da história da Igreja — Adílson levantou o braço e despejou a informação decorada, visivelmente orgulhoso. — Foi uma reação à Reforma protestante. Era preciso unificar a fé católica, que estava se dividindo em algumas partes da Europa por causa do protestantismo. Foi o concílio que emitiu mais decretos e fez mais reformas. Durou oito anos.

— Foi esse concílio que estabeleceu disciplinas e normas doutrinárias que vigoram até hoje — Sandro completou.

— Os Sete Sacramentos, com a presença de Cristo na Eucaristia; a graça e o pecado original; a virgindade de Maria; unificou o ritual da missa, que variava de lugar para lugar, instituindo a Missa Tridentina, que é a que celebramos até hoje; reafirmou o culto dos santos, das imagens e das indulgências, que os protestantes queriam abolir; estabeleceu a hierarquia católica que ainda está em vigor: os bispados, as dioceses e os seminários... como este nosso.

— Muito bem.

— Criaram um novo breviário, um novo catecismo e deixaram claro que a autoridade máxima era o papa — Alan também levantou o braço. — Estabeleceram também um índex para livros proibidos e a Inquisição.

Essas duas últimas resoluções do Concílio de Trento foram lembradas com um leve sorriso, que o reitor qualificou de provocativo. Estaria Alan querendo dizer que aquela aula era um tribunal da Inquisição? Que a Igreja censurava e proibia certos escritores? Seria a reação natural, defensiva, do autor dos bilhetes!

Frei Vasconcelos apontou seu dedo ossudo para o céu:

— Vocês esqueceram uma resolução importante do Concílio de Trento. O CELIBATO!

Alan e Sandro olharam rapidamente para Adílson. Devia haver uma brincadeira entre eles. Eram jovens. Adílson era o único virgem. O frei continuou, exaltado:

— O Concílio de Trento impôs DEFINITIVAMENTE o celibato OBRIGATÓRIO a todo o clero da Igreja! Como diz o apóstolo Paulo, em 1 Coríntios 7,1: "É bom para o homem ABSTER-SE de mulher"!

Boa tacada do frei. Sandro pareceu ter acusado o golpe. Desviou o olhar, passou a mão direita sobre a boca e esticou o pescoço. Havia ficado tenso. Sua expressão corporal o traíra!

Adílson apenas abaixou a cabeça, olhou para o caderno e pareceu ter anotado o conselho do apóstolo Paulo. Para segui-lo, bastava continuar como estava, virgem. Mas seria forte o suficiente para fugir à tentação de escrever bilhetes de amor? Tinha 17 anos, coitado. E a tentação ali tinha nome e forma. E que formas, Santa Mãe de Deus!

Alan parecia achar engraçada a ênfase neurótica do frei Urubu. Ele tinha um lado cômico mesmo, era a caricatura de um homem levado à loucura pela falta de sexo, um desserviço aos argumentos a favor do celibato. E as três perucas não ajudavam em nada sua campanha contra o pecado da vaidade. Alan era cínico, gozador, e poderia muito bem estar escrevendo os bilhetes para se divertir.

Padre Roque continuava perdido. O culpado estava ali, era um dos quatro, mas qual? Se agisse por instinto, apontaria para Claudemir, o único a não demonstrar reação alguma, a não falar sobre o Concílio de Trento, misterioso e inescrutável como um... psicopata! E era aí que morava o perigo. E se o pastor Estanislau tivesse razão? Havia um psicopata perigoso entre os seminaristas e Vanessa podia ser atacada... Claudemir tinha cara de psicopata mesmo: não sorria, não brincava; às vezes, por nada, começava a respirar fundo, como se precisasse acalmar pensamentos ruins, uma psicose, um trauma passado, o irmãozinho mastigado por um jacaré, por exemplo. Pena a psicóloga ser ateia, podia ser útil numa hora dessas. Para o reitor, Claudemir era o culpado. Se pudesse incriminá-lo logo, sem provas... Bons tempos aqueles da Inquisição.

— Vejo que o professor de Documentos da Igreja está fazendo um bom trabalho — disse o frei, mais calmo. — Vamos voltar ao nosso Gregório de Matos. Ele então cursou a Faculdade de Cânones em Coimbra e formou-se em Direito Canônico em 1661. Já vimos como as leis católicas tinham poder naquela época. Naturalmente transferiam esse poder a quem se encarregava de aplicá-las. Em 1663, Gregório já está casado e trabalhando como juiz de fora da comarca de Alcácer do Sal, perto de Lisboa.

— Mas ele não tinha de respeitar o celibato? — interrompeu Alan.

Era mesmo um gozador. Podia perfeitamente ter escrito os bilhetes, por simples farra.

— NÃO. Ele não pertencia ao clero. Coimbra *não* era um seminário. Ele era uma espécie de funcionário público. Além de juiz, exerceu outros cargos importantes em Lisboa. Em 1671 ascendeu a juiz cível. Em 1672 foi eleito, pelo Senado da Câmara, procurador da Cidade do Salvador. Ficou viúvo em 1678. Em 1682, voltou para Salvador como desembargador da Relação Eclesiástica da Bahia e tesoureiro-mor da

Sé, dois cargos bem importantes. Foi encarregado de analisar as denúncias e as práticas de heresia contra o catolicismo.

— Ele trabalhava para a Inquisição? — Sandro levantou o braço, com um movimento que ao reitor pareceu atrevido.

"Oh, por quantos séculos mais vamos pagar pelas barbaridades que cometemos naquela época...", o reitor suspirou.

Será que o tom desafiador de Sandro era uma crítica aberta ao que estava acontecendo naquela aula: um tribunal para obrigar o réu a admitir sua culpa? Se ele reclamava disso, então a estava admitindo!

Frei Vasconcelos respondeu com calma e segurança:

— A Igreja acabou acusada, com razão, dos crimes bárbaros perpetrados pelos tribunais da Inquisição, mas esquecem que naquela época não havia separação entre Igreja e Estado, e isso nos obrigou a compactuar com todos os crimes da política e da riqueza. Quem mandou nos misturarmos com o poder temporal? "Dai a César o que é de César..." Mas esta é uma aula de Literatura, vamos voltar para o Gregório de Matos, que, afinal, nem exerceu direito os cargos, porque em 1683 foi destituído pelo arcebispo por insubordinação às regras.

O reitor admitiu que aquele era um ótimo argumento retórico para aliviar um pouco o peso da culpa pela Inquisição: dividi-la com o rei. Frei Vasconcelos estava se saindo um belo padre Vieira.

— O Gregório se insubordinou como? Por quê?

Alan fez a pergunta com muito interesse. Gostava de insubordinações...?

O frei explicou:

— Havia muitos desmandos no clero da Bahia, muita falsidade, libidinagem, envolvimento com o poder local... Os representantes da Igreja também cometiam seus pecados, principalmente os da cobiça e LUXÚRIA.

Sandro pareceu receber a última palavra como uma bolada no peito. As ênfases do frei sempre provocavam reações corporais, mas aquela só atingiu Sandro. Podia ser a prova da culpa, mas também a consciência pesada do seu passado de filhinho de papai pré-hepatite, abastado, mergulhado em bebida, maconha e mulheres.

— Gregório se recusou a participar daquilo — continuou o frei. — Não quis nem fazer a tonsura no cabelo, nem vestir batina, nem murça por cima da sobrepeliz. Comprou briga com os poderosos. Escreveu poemas satíricos contra as autoridades, atirou em todas as direções, criou muitos inimigos. Atacava padres, políticos, freiras, portugueses, escravos e a elite baiana. Abriu um escritório de advocacia decorado com cachos de banana, que é claro que não deu certo. Levou uma vida dissoluta. Morou em um barraco na praia, frequentou prostitutas, viveu de favores em sedes de fazendas e acabou ele mesmo sendo denunciado à Inquisição em 1685 por não ter tirado o barrete branco da cabeça diante de uma procissão, falar sempre com "notável desprezo e notório escândalo" e, o mais grave, gravíssimo, afirmar que Jesus Cristo era homossexual.

Padre Roque captou olhares muito sutis de Sandro e Alan em direção a Adílson, que não ergueu os olhos do caderno, embora não estivesse anotando nada. Podia ser isso? Adílson homossexual? Os colegas sabiam e ele procurava negar escrevendo bilhetes obscenos para fingir interesse por Vanessa?

— Apesar da gravidade das acusações, o processo ficou inconcluso, não se sabe por quê. Gregório de Matos continuou aprontando. Ganhou o apelido de Boca do Inferno. Quando espalhou que o ex-governador mantinha um caso amoroso com seu capitão da guarda, foi ameaçado de morte e mandado às pressas para Angola. Lá acabou se metendo numa rebelião, um motim militar, virou conselheiro dos amotinados e colaborador do governador, afinal era um advogado, doutor em leis. Conseguiu um acordo entre as partes e, pelos serviços prestados, ganhou permissão para voltar ao Brasil. Mas para Recife. Tinha 59 anos e voltou com duas condições: nunca mais pisar na Bahia nem escrever poemas satíricos. Isso foi em 1695. Morreu nesse mesmo ano, em novembro.

Frei Vasconcelos fez uma pausa dramática.

— E esse homem desregrado e temente a Deus, esse pecador arrependido, essa alma barroca, carregando por toda a vida a consciência dos opostos, compôs no seu leito de morte este último soneto, um dos mais belos e místicos da língua portuguesa, intitulado: "A Christo S. N. crucificado estando o poeta na última hora de sua vida".

O reitor se esticou e abriu bem os olhos. Estava chegando o momento combinado. Até então não havia nenhum indício seguro da culpa de um deles, mas a hora da verdade se aproximava.

O frei preparou o terreno, passando entre os seminaristas, com as mãos unidas às costas, e recitou o soneto, olhando nos olhos de cada um a cada estrofe:

Meu Deus, que estais pendente em um madeiro,
Em cuja lei protesto de viver,
Em cuja santa lei hei de morrer
Animoso, constante, firme, e inteiro.

Neste lance, por ser o derradeiro,
Pois vejo a minha vida anoitecer,
É, meu Jesus, a hora de se ver
A brandura de um Pai manso Cordeiro.

Mui grande é vosso amor, e meu delito,
Porém pode ter fim todo o pecar,
E não o vosso amor, que é infinito.

Essa razão me obriga a confiar,
Que por mais que pequei, neste conflito
Espero em vosso amor me salvar.

Perfeito. Frei Vasconcelos não podia ter escolhido poema melhor para preparar a alma do culpado à confissão. "Que por mais que pequei/ Espero em vosso amor me salvar." Isso. Ninguém ia queimar ninguém numa fogueira. Os protestantes não gostavam muito dessa parte, mas a Igreja era bem indulgente. Padre Roque imaginou uma cena linda e edificante. O culpado se revelava, pedia perdão sincero, contrito perante o amor de Jesus, que era o verdadeiro ofendido pelos bilhetes, receberia a punição correspondente, rezas, meditações, sofreria uma verdadeira crise mística que fortaleceria sua fé e, o principal, nem precisaria abandonar o seminário!

E o caso todo seria abafado, claro.

— Mas para nós importa menos a vida do artista que sua obra — prosseguiu o professor. — Estamos aqui para estudar o legado barroco de Gregório de Matos. Seus poemas. Para começar, é preciso dizer que tudo o que conhecemos dele é apógrafo, ou seja, são cópias, traslados, não autografados, o que não garante que *tudo* o que se atribui a ele seja realmente dele. Ele não publicou nenhum livro em vida. Lembrem que naquela época havia uma censura terrível no Brasil e em Portugal, feita pelo próprio Santo Ofício da Inquisição. Era impossível e arriscado, sob pena de parar na fogueira, imprimir ou divulgar qualquer obra que não passasse pelos censores e revisores da Igreja. Os navios eram revistados em Lisboa e nos portos brasileiros para que não passasse nenhum livro proibido. Não se podia nem ler a Bíblia traduzida do latim que os protestantes estavam espalhando pelo mundo. Era completamente impossível publicar as sátiras de Gregório de Matos. Como tomamos conhecimento delas? Por meio de *códices*. "Códices" eram manuscritos, cópias de poemas em folhas de papel encadernadas e passadas de mão em mão. Algumas dessas folhas, soltas, eram encontradas coladas em um muro ou poste. Alguns poucos códices de Gregório chegaram até nós. O mais importante deles é o atribuído a Manuel Pereira Rabelo, do início do século XVIII. São quatro volumes e contém uma biografia do poeta. Foi esse Manuel Pereira Rabelo quem deu os títulos, um pouco malucos, aos poemas.

— Aqueles que quiserem saber mais sobre o homem podem aprofundar as pesquisas — disse o frei. Aqui, nesta aula, vamos nos ater à análise estilística do seu trabalho. Por favor, peguem seus cadernos para anotar.

"Vai começar", e padre Roque se esforçou para controlar a ansiedade e evitar, ele próprio, alguma reação corporal comprometedora.

— Como eu já expliquei em aulas passadas, o escritor expressa sua visão de mundo usando determinados recursos de linguagem. É isso que forma seu estilo. Quando se olha com uma perspectiva histórica a gente percebe que, apesar das diferenças individuais, os estilos de determinado período têm sempre algo em comum. Não é que os escritores antes de escrever pensem: "sou um classicista, então vou escrever assim e assado". Não é um processo racional. É natural. Vivendo na mesma época, no mesmo meio, com as mesmas referências culturais, acabam produzindo obras com algo em comum. É isso que os estudiosos definem como "estilo de época" e classificam como classicismo, realismo, modernismo, etc. Um desses recursos de linguagem são as...

Frei Vasconcelos escreveu no quadro: FIGURAS DE ESTILO. Os quatro seminaristas anotaram nos cadernos. Um deles era muito controlado: como podia manter a calma sabendo que seu segredo tinha sido descoberto? Àquela altura, era óbvio para o culpado que o reitor e o orientador espiritual sabiam que seus bilhetes eram baseados nos poemas do Gregório de Matos, e o infeliz estava ali, era um dos quatro, anotando tranquilamente a aula, sem um movimento corporal involuntário, sem uma contração muscular incontrolável mostrando a tensão da culpa, sem suar frio, sem olhares descontrolados. Só um deles seria capaz de tanta calma e autocontrole. Claudemir.

— Nós já estudamos as figuras de estilo... Metáforas, paradoxos, hipérboles, etc. Gregório usou e abusou de todas elas. Existem outros recursos de linguagem, como empregar muitas frases interrogativas: "Vês a Lua de estrelas guarnecida?/ Vês o céu de planetas adorados?"; jogos paronímicos: "que esse pedir, é perdido"; jogos de homônimos, usar a palavra sonho, por exemplo, como a visão onírica e como o doce da padaria; antimetáboles: "Entre as partes do todo, a melhor parte/ Foi a parte em que Deus pôs o amor todo"; anadiploses, homeoptotos, isto é, palavras que se repetem, por simetria... Gregório tem um belo poema assim, em que ele diz: "Ofendi-vos, meu Deus, é bem verdade,/ É verdade, Senhor, que hei delinquido,/ Delinquido vos tenho..." e assim por diante...

Frei Vasconcelos continuou:

— Eu queria muito que vocês compreendessem como esses recursos de linguagem correspondem ao estado de alma do artista. Não são palavras para decorar. São para entender, sentir... As antíteses, por exemplo. Se a alma barroca é contraditória, indefinida entre a razão e a fé, não é natural que se expresse por antíteses? "É como a concha, tosca e deslustrosa,/ Que dentro cria a pérola formosa." A própria palavra *barroco* significa "pérola irregular". O termo já é contraditório, não é? Uma coisa ao mesmo tempo bonita e feia, perfeita e imperfeita. Pérola feia. "Em tristes sombras morre a formosura,/ Em contínuas tristezas a alegria." A feiura é outra característica desse estilo. É conhecido como *feísmo*: o uso de termos como cinzas, cadáver, sepultura...

Aquele homem todo de preto, alto, magro e curvo como um ponto de interrogação parecia a imagem da morte, só faltava a foice, era o próprio feísmo andando por aí.

— E todas as figuras de linguagem que exprimem dúvida, contradição, paradoxos: "Incêndio em mares de água disfarçado;/ rio de neve em fogo convertido... Se és fogo, como passas brandamente?/ Se és neve, como queimas com porfia?... A firmeza somente na inconstância..." E os paradoxos misturados com versos interrogativos: "Porém, se acaba o Sol, por que nascia?/ Se formosa é a Luz, por que não dura?/ Como a beleza assim se transfigura?/ Como o gosto da pena assim se fia?". O artista barroco não tem as certezas dos renascentistas. A razão e a ciência não são suficientes para entender a realidade. O mundo é uma metamorfose permanente. A alma barroca tem consciência de que a vida humana é breve, que voltaremos ao pó de onde viemos, tudo é efêmero... "Goza, goza da flor da mocidade,/ que o tempo trota a toda ligeireza,/ E imprime em toda a flor sua pisada... Em terra, em cinza, em pó, em sombra, em nada... Nasce o Sol, e não dura mais que um dia,/ Depois da luz, se segue a noite escura..." A vida é ilusão. A carne seduz, mas o homem não consegue fugir do apelo do espírito. O homem barroco PECA. PECA, mas se ARREPENDE! — o professor concluiu.

Só podia ser Claudemir. Foi o único que suportou os gritos de frei Vasconcelos sem nem piscar. Pecou, mas não se arrependia. Um psicopata. Queria descontar na humanidade o irmão comido pelo jacaré. Vanessa corria perigo? Tinha até o dia seguinte para resolver aquilo. Sem escândalo.

"Sem escândalo, minha Virgem Maria. Ajudai-me!", o reitor orou.

E então, como um sinal, uma confirmação de que Maria estava atenta, frei Vasconcelos recitou:

Para Mãe, para Esposa, Templo, e Filha
Decretou a Santíssima Trindade
Lá da sua profunda eternidade
A Maria, a quem fez com maravilha.

E como esta na graça tanto brilha,
No cristal de tão pura claridade
A segunda Pessoa humanidade
Pela culpa de Adão tomar se humilha.

Para que foi aceita a tal Menina?
Para emblema do Amor, obra piedosa
Do Padre, Filho, e Pomba essência trina:

É logo consequência esta forçosa,
Que Estrela, que fez Deus tão cristalina
Nem por sombras da sombra a mancha goza.

— *Esse* é Gregório de Matos! — disse o frei, com as mãos juntas na frente do peito magro. — Um "Boca do Inferno" capaz de versos assim para a Virgem Maria! Um pecador que anseia voltar ao seio da Santa Madre Igreja! Um devoto de Maria, como cada um de vocês!

Frei Vasconcelos tinha mesmo senso dramático. Quando o aluno achava que ia ter as vísceras arrancadas a bicadas por aquele urubu de peruca, o mestre continuava sua aula calmamente.

— Para expressar sua alma torturada, o escritor barroco usa muito essas figuras... Os exageros das hipérboles, as prosopopeias... Barroco é o estilo que mais emprega jogos de palavra. A esse uso exagerado dá-se o nome de "cultismo". Nas artes plásticas, a gente vê o cultismo no excesso de detalhes. É o que mais chama a atenção nas pinturas e esculturas barrocas, não é? É só visitar as igrejas aqui de Ouro Preto para entender o cultismo. O pensamento barroco nunca é reto, é sempre curvo. Bom... para terminar a aula, quero passar um exercício.

Pronto. Ia começar. A armadilha ia ser montada. Já não era sem tempo. Qual dos quatro cairia nela?

— Vou ditar um soneto de Gregório de Matos. Quero que analisem os versos e sublinhem exemplos de figuras de estilo. Preparados? Depois tirem a folha do caderno e me entreguem para eu corrigir para a próxima aula. Ah, escrevam em letra de forma para que eu possa entender.

Agora pegavam o malandro. Nenhum deles parecia abalado. Era preciso ter muito sangue frio, ser cínico até a psicopatia. Só podia ser Claudemir. Os quatro se endireitaram nas carteiras, canetas e cadernos a postos.

Frei Vasconcelos recitou o poema "Ao dia do juízo":

O alegre do dia entristecido,
O silêncio da noite perturbado

O resplandor do sol todo eclipsado,
E o luzente da lua desmentido!

Rompa todo o criado em um gemido,
Que é de ti mundo? onde tens parado?
Se tudo neste instante está acabado,
Tanto importa o não ser, como haver sido.

Soa a trombeta da maior altura,
A que a vivos, e mortos traz o aviso
Da desventura de uns, d'outros ventura.

Acabe o mundo, porque é já preciso,
Erga-se o morto, deixe a sepultura,
Porque é chegado o dia do juízo.

· 9 ·

Dizem os experimentados
nos bens, e males da vida,
que os males vêm de corrida,
e os bens chegam retardados.

O último verso do poema ditado por frei Vasconcelos era muito apropriado para aquele momento. O dia do juízo estava chegando para o reitor e o seminário. Seria o seguinte, se ele não conseguisse descobrir o culpado.

Por que não tinha dado um prazo maior ao pastor? Já que estava mentindo, que Deus o perdoasse, podia dizer cinco dias, uma semana. Ou não definir uma data. Não tinha nenhuma obrigação de estipular prazo para encontrar o culpado. Havia aceitado a pressão de Estanislau. Não era assim que se ganhava uma guerra. Ele era a Contrarreforma, tinha um nome a zelar. Mas meter a polícia naquele rolo seria enterrar de vez o seminário. E se o delegado fosse protestante? Nunca o via na Igreja. Podia ter ganhado ao menos um dia se não tivesse contado a segunda-feira. Marcou a resolução do caso para quarta, e já era terça... E a cartada final, a grande ideia do ditado, que com certeza revelaria o safado, não tinha dado em nada!

Primeiro: todo o material usado no seminário era igual, doação do dono da maior papelaria da cidade. Não havia como identificar o autor dos bilhetes pela caneta ou pela folha de caderno.

Segundo: nenhuma das quatro letras se parecia com a do pervertido admirador de Gregório de Matos. Ele havia disfarçado muito bem.

Padre Roque estava trancado em seu escritório na sede da fazenda, com as quatro folhas do ditado e todos os bilhetes abertos sobre sua mesa, e não encontrava nem uma mísera vogal ou consoante, nem perna de R ou traço de T que incriminasse o cretino. Safado! Que a Virgem o desculpasse, mas até Jesus Cristo sentiu raiva, que o digam os vendilhões do Templo.

Talvez um grafotécnico pudesse fazer um laudo, mas a vida não era um seriado de tevê americano, não havia grafotécnicos naquela cidade pequena, não tinham nem um chaveiro que prestasse, as chaves novas nunca funcionavam. Suas costas doíam. Uma hora de pé, curvado sobre a mesa, sobre aquelas folhas inúteis, espremendo o cérebro e os olhos. Tinha vontade de deitar.

Começou a andar de um lado para o outro, com a lista de horários na mão. Eram 10h50. O padre Ferreira dava sua aula de Documentos da Igreja. Os quatro seminaristas iam passar os 25 minutos seguintes entretidos com a Liturgia das Horas, o missal romano, as encíclicas ou as deliberações dos concílios.

Frei Vasconcelos estava junto à estrada, esperando o caminhão com os mourões novos doados pelo dono da loja de material de construção, o consultor de obras do seminário. Às 13, no horário de Atividades Manuais, os seminaristas continuariam a consertar a cerca. Parou diante da janela aberta. No terreiro atrás da cozinha, Leonor jogava milho para as galinhas doadas pelo dono de uma granja. O bom homem também doava o milho.

Era tão bonito ver as contribuições da comunidade para a manutenção do seminário... Cada galinha daquelas era a prova viva e cacarejante de que muita gente acreditava no sonho do velho padre Roque. Cada grão de milho, uma demonstração clara de que a comunidade queria participar da sagrada experiência da comunhão em Cristo, queria "manter viva a chama do Evangelho e o ardor pelo ministério sacerdotal, imprescindível no seguimento da palavra de Jesus", como dizia o regimento interno escrito por ele mesmo.

Aquele seminário era a obra de sua vida, e ele sentia um imenso orgulho, uma vaidade enorme... o que seria considerado pecado não fosse a causa tão piedosa.

Vanessa chegou de bicicleta.

O dia estava esquentando. Vinha um pouco atrasada, pedalando com pressa, afogueada, com seu jeans apertado, a camiseta colada ao corpo, as mangas do casaco abraçando a cintura como um garupa invisível. Encostou a bicicleta no tronco da mangueira, saltou, deu dois beijos em Leonor e acenou ao reitor, deixando-o sem graça.

Era um de seus muitos problemas: como encarar a moça? Vanessa sabia que ele sabia dos bilhetes, mas ele ainda não tivera coragem de conversar sobre o assunto. Acalentava a esperança de nem precisar fazer isso. Descobrir o culpado rápido e varrer o problema para debaixo do tapete. Os poemas de Gregório de Matos, aquele Boca do Inferno, ainda faziam um padre morrer de vergonha três séculos depois. Não, não podia adiar mais, precisava falar com ela.

Já interrogara Leonor: Vanessa não tinha a menor ideia de quem escrevia aquilo para ela. Todos os seminaristas a tratavam com o devido respeito. Nunca ouvira uma gracinha de algum deles, nem olhares comprometedores. Mas seria bom falar com ela pessoalmente. Que detetive era ele que não interrogava a própria vítima? Correspondeu ao aceno da moça com um sorriso amarelo, erguendo a mão como fazia o papa na janela do Vaticano. Ela também parecia constrangida. A hora era aquela. Ele iria à cozinha tomar um café.

Olhou Vanessa atravessando o pátio. A moça perturbava até a ele. Dava para imaginar o estrago que fazia na libido de um rapaz. "Ó Deus, tenha clemência, por baixo da batina existem homens!" Se o ascetismo, o celibato e a virgindade tinham de ser testados, postos à prova, como Jesus o foi durante quarenta dias e quarenta noites no deserto, Vanessa era perfeita para o serviço. Esse pensamento fez o reitor fechar os olhos e orar, e esvaziou a coragem que estava acumulando para falar com a garota.

Deixou-se ficar mais um tempo à janela, apreciando a alegria simples e desmemoriada das galinhas, e purificando o espírito ao admirar as montanhas azuladas. O horizonte de Minas Gerais nunca era uma linha reta, seguia o contorno das serras, sinuoso. Barroco.

Vanessa voltou a aparecer.

Saiu pela porta da cozinha chorando, parou do lado de Leonor gesticulando muito, tornou a montar em sua bicicleta e partiu às pressas.

Dois minutos depois Leonor entrou em seu escritório.

— Mais um bilhete, reitor! O demônio atacou de novo! Dentro do bolso do vestido. Quando a pobrezinha foi se trocar! E o senhor não imagina! O Diabo sabia até que a menina está naqueles dias!

— Onde está?

— O demônio não...

— O *bilhete*!

— Levou com ela.

— Para onde?

— Disse que não aguentava mais. Foi contar tudo pra dona Vera.

— NÃO!

* * *

Escutou os quatro saírem da aula e irem para a capela. Conferiu na lista de horários. Oração antes do almoço.

Padre Ferreira passou no escritório para se despedir. Vinha da paróquia vizinha toda semana para dar aquela aula. Era amigo pessoal do bispo e da linha mais conservadora da Igreja, não podia saber de nada. Por sorte não tinha tempo nem para um cafezinho e foi embora logo, mais inocente que um anjo.

Uma hora depois que Vanessa partiu o telefone tocou. Dona Vera.

O mundo começou a desabar. O Juízo Final estava chegando.

Entre outras coisas, ela leu o bilhete para ele, aos berros:

Vanessa, as mãos folgam de apalpar, os olhos folgam de ver, que os dois satisfaçam seu prazer. Me dê o que ver e apalpar! Dê aos meus olhos que ver, e ao meu tato a entreter. Mas não hoje, eu sei. Encontrei um objeto em que, escrito a sangue, eu li: "aqui foi mês". Ó, hóspede impertinente, que na lua certa a visita! O inquilino que paga todo mês o aluguel... Que contrato de aluguel a lua fez com as mulheres para estar assim pagando a elas todos os meses? Ó, Vanessa, sois discreta, mas sei que me entendes... Para uma vida tão curta, duram muito os vossos meses...[4]

* * *

Quinze minutos depois de dona Vera bater o telefone na cara dele, seu aparelho tocou novamente.

O prefeito!

* * *

Frei Vasconcelos encontrou o reitor muito vermelho, de pé, as duas mãos apoiadas na escrivaninha:

— Leonor já me contou.

— Agora o doido vigia até a menstruação da menina!

— Os rapazes limpam os banheiros pela manhã. Ela deve ter esquecido algum absorvente. Que Deus me perdoe.

— Estão almoçando?

— Sim. Leonor contou a eles que a menina passou mal.

— Alguém teve uma reação estranha? — Padre Roque ainda tinha esperanças.

— Sandro perguntou o que Vanessa tinha. Leonor falou enjoo.

— Foi o único a se preocupar?

— Foi.

— Nenhum deles sorriu? O cretino sabe que ela está "naqueles dias".

— Não. O senhor não vem almoçar, padre Roque?

— Depois. Sente aí. Sabe o apocalipse de são João? Pois é. — E explicou a situação: — Vanessa chegou em casa aos

---

4. Veja os poemas que inspiraram este bilhete nas páginas 152-153.

prantos, mostrou o último bilhete para a mãe, e todos os outros também. Contou tudo! Tudo. Vanessa tinha cópias dos primeiros bilhetes, acredita? Dona Vera me ligou, indignada. Você pode imaginar. Ela é a líder da Associação de Leigos, da Congregação Mariana, do Grupo Mãe Misericordiosa, do Grapose, a organizadora do Bingão do seminário... A prima dela, dona Helena, é a nossa professora de Comportamento Social. Foi dona Vera quem financiou nosso CD *Despertar da vocação*. Ela banca todos os almoços festivos, os encontros de congraçamento, é a maior fornecedora de bolo do nosso Café de Rua dos últimos domingos de cada mês. Fundadora do movimento Divina Graça para visita aos asilos e orfanatos de...

— O que ela queria?

— Eu sei lá! Despejou um dilúvio de palavras capaz de afogar Noé. Completamente histérica. Consegui interrompê-la e repeti o que disse ao pastor. Amanhã tudo será esclarecido. Diabo! Oh! Está vendo? Desde que o Gregório de Matos entrou na minha vida não paro de mentir e blasfemar. Implorei, pedi por Deus, pela Virgem e por todos os santos que ela não fizesse escândalo. Nesse ponto levamos vantagem sobre os protestantes, temos nossos santos para nos ajudar e aliviar o trabalho de Deus. Sempre é um reforço. Fiz dona Vera entender que é do interesse de todos os católicos desta cidade que o episódio não comprometa o seminário. Lembrei a ela que corremos o risco de fechar por desistência dos alunos e que um escândalo vai ser a pá de cal em *nossos* sonhos de formar jovens que continuem a evangelização, a seguir de coração puro e alma generosa a Cristo Redentor, e por aí afora... Ela prometeu ficar de boca calada, mas disse que vai vir aqui hoje, numa sessão extraordinária das senhoras do Grapose, rezar o terço pelos seminaristas.

— Eles vão desconfiar. A Adoração Vocacional delas é só no final do mês.

— É melhor do que chamar a polícia.

— Ela ameaçou isso?

— Tem o mesmo receio do pastor.

— Mas o que eles estão pensando? Esta é uma casa de Deus!

— O ditado não deu em nada, frei. Estou num mato sem cachorro. O culpado já sabe que estamos de olho nele. Tanto faz que elas apareçam aqui. Orar nunca faz mal.

— Pelo menos ela prometeu não falar nada.

— Prometeu, mas não cumpriu.

— Como assim?

— O prefeito me ligou em seguida.

— O prefeito?!

— Dona Vera contou tudo para ele!

— Mas como pode uma católica prometer e não cumprir?

— E ainda temos de ser indulgentes. O prefeito foi curto e grosso. Esse pelo menos sempre sabe o que quer. Quer eleger o filho ano que vem. Se essa história vazar, o seminário não reabre. O Adolfo Bergamin pede a fazenda de volta. Sabe o que o prefeito disse? "Minha administração não pode de forma alguma compactuar com imoralidades." Imagine.

— Hipócritas! — Frei Vasconcelos deu um tapa na escrivaninha. — Ele conseguiu os votos dos católicos às custas deste seminário! Se beneficiou com a presença do bispo e do governador! E esse Adolfo Bergamin nunca fez nada por nós, só emprestou a fazenda, e nós a estamos reformando de graça. Todo mundo sabe que por causa dessa "boa ação" ele ganhou isenção de impostos, vista grossa em delitos ambientais, anuência de vereadores para projetos escusos e a promessa de que vão passar o asfalto aqui na porta! Corruptos!

Todos corruptos! Quem são eles para falar em moralidade?! E essa dona Vera?! Com um marido grileiro, cheio de capangas, latifundiário, ladrão de terras, todo mundo sabe que ele tem até trabalhadores escravos! Está sendo processado pelo Ministério Público!

— Eu sei, eu sei... Mas não é o momento de fazer uma revolução. Já basta a ameaça da polícia. Pelo amor de Deus, *não* vamos nos meter com política. Convenci o prefeito a ficar quieto também. E estou prometendo a todos que amanhã desmascaro o culpado, expulso do seminário, obrigo o filho da mãe a assinar a carta de desistência. Mais um menos um, ninguém vai reparar. Tenho muitos argumentos para persuadir os envolvidos a manter sigilo, um escândalo não interessa a ninguém. É meu trunfo.

— Mas as senhoras do Grapose? Elas vêm aqui hoje? Dona Vera não vai contar a elas?

— Acredito que essa parte da promessa ela vai cumprir. Não quer que o seminário feche. Contou ao prefeito imaginando que seria uma maneira de me pressionar. Como se eu já não tivesse pressão o suficiente! Mas até ela reconhece que contar a história para aquele bando de fofoqueiras seria como apresentar o caso na televisão. O Novo Testamento teria mais um capítulo: o Apocalipse de Vera. Um tiro no pé. Por falar nisso, eu me pergunto, em que pé estamos? Nada. Nenhuma pista.

— Isso tudo é uma grande injustiça para com o senhor.

— Não tenho tempo nem para autopiedade. Se não encontrar o culpado entre os quatro seminaristas até amanhã, e não tenho a menor ideia de como fazer isso, lá se vai o trabalho de toda uma vida.

· 10 ·

*Não há mais tirano efeito,
que padecer, e calar
ter boca para falar,
e não falar por respeito.*

Os seminaristas já haviam saído da cozinha.

O reitor comeu sem nenhum apetite, sob o olhar acusador de Leonor, como se fosse ele próprio o autor dos bilhetes, enquanto frei Vasconcelos, almoçando a seu lado, defendia o reitor olhando-a com raiva, obrigando o padre Roque a olhá-lo com firmeza, para impedir que dissesse algo que piorasse a situação. Essa tensa refeição de olhares oblíquos e triangulares provocou-lhe azia e dor de cabeça e o obrigou a tomar um sal de frutas e uma aspirina.

— Se o senhor sabe quem é, por que não diz logo? — ela chegou a pressioná-lo.

— O senhor reitor sabe o que faz. Cuide do seu serviço — o frei rosnou.

Ela era uma alma simples, daquelas que via o demônio *fora* das pessoas, e não *dentro*, por isso acreditava que o "coisa-ruim" estava por ali, na fazenda, uma entidade solta no mundo, podendo atacar a qualquer instante.

No momento padre Roque tinha mais medo do escândalo que do Diabo, então o importante era acalmá-la:

— Já expliquei, preciso de uma prova concreta, Leonor. Tenho orado a Jesus intensamente e obtive uma mensagem, em forma de sonho. Terei uma prova contra o culpado durante o dia de hoje. Ele mesmo fornecerá essa prova.

— Jesus?

— Não. O culpado. O próprio culpado se incriminará.

Mentia com convicção. A batina preta ajudava a impressionar. Era preciso usar todas as armas. Guerra é guerra. A fé estava na convicção. Mesmo que a convicção se baseasse numa mentira? Não importava. Na guerra valia tudo. Os fins justificam os meios. Foi tão assertivo que ele mesmo acreditou: durante aquele dia um dos quatro seminaristas apresentaria uma prova contra si mesmo.

Leonor também acreditou. Uma das qualidades das almas simples e fundamento de todas as religiões: acreditar nos pensamentos mágicos.

"Minha Santa Virgem, fazei que os *fins* valham mesmo a pena para justificarem tantos *meios* errados", ele orou.

E confiou tanto na própria mentira que, enquanto os seminaristas estavam lá espetando os mourões novos da cerca, e frei Vasconcelos e Leonor recebiam as doações semanais de grãos e legumes que chegavam de caminhão de um supermercado local, se trancou no escritório e debruçou-se novamente sobre os bilhetes e os ditados, esperando, numa exaltação mística, que a prova incriminatória surgisse numa daquelas linhas, apontada pelo próprio dedo de Deus. Mas conseguiu apenas uma dor lombar e a volta da azia.

Escutou as risadas felizes dos quatro quando chegaram. As atividades físicas provocavam aqueles surtos de bem-estar nos rapazes. Ele tinha sido jovem, as lembranças estavam em sua alma... Vivia correndo, subindo em árvores, nadando em rios, jogando futebol, soltando pipa. Depois veio o sexo. Era capaz de andar dez quilômetros até a cidade vizinha só para ir a uma festa. *Conheceu* mulheres. No sentido bíblico. *Bem* bíblico. O sexo era uma atividade física que com certeza dava mais prazer do que espetar mourões na terra dura, embora aquela atividade fosse uma forma de sublimação interessante e bem alegórica.

Se quisesse encontrar o culpado, precisava pensar como ele. Tinha ouvido essa frase em um filme. Pensar e sentir como cada um daqueles quatro seminaristas. Concentrou-se em um de cada vez. O que sentiriam em relação à Vanessa? Como a beleza e a sensualidade da garota os atingiriam? O que imaginavam em relação a ela? Que desatinos aquele corpo perfeito levaria a cometer? O que fariam para conseguir seus objetivos?

Parou a investigação, muito assustado.

Os pensamentos que estava tendo a respeito de Vanessa eram *pessoais*. As lembranças da juventude estavam em sua alma... mas também no seu corpo! Saiu atordoado do escritório e deu de cara com os quatro, de banho tomado, indo para o salão principal. Eram 15h45: aula de canto.

Continuavam contentes. Depois dos exercícios físicos, cantar. Precisou controlar sua raiva. Um daqueles jovens alegres era o miserável que estava pondo o seminário em risco! O pilantra era muito cínico para demonstrar alegria sabendo que o reitor, bem ali na frente, estava de olho nele! Só podia ser um psicopata. Claudemir. Era ele. O inescrutável.

Os outros três eram compreensíveis, transparentes, fáceis de analisar. Só um psicopata arriscaria destruir o seminário sem sentir culpa, sorrindo, pronto para passar a tarde cantando! Claudemir. O jacaré devia ter comido ele, e não o irmão. Benzeu-se mentalmente depois daquele pensamento ruim. E ainda teve de ser simpático:

— Vão, rapazes. Vão. Como disse santo Agostinho, "quem canta reza duas vezes".

A professora já os esperava. Era uma senhora gordinha e animada, que viajava trinta quilômetros no seu velho fusca só para dar aquela aula, de graça. Padres eram oradores e cantores também, precisavam ter boa voz para se sair bem nas celebrações litúrgicas. Ela ensinava solfejo e exercícios vocais. O reitor gostava, pois a música alegrava aquela velha casa.

O mundo espiritual, com seus estudos, retiros, meditações e orações, era taciturno e monótono. As regras do regimento interno eram rígidas, o seminarista não podia usar telefone celular, ouvir música profana nem assistir à tevê, e, depois das 23 horas, silêncio absoluto. A música, mesmo que sacra, era uma válvula de escape para tanta pressão espiritual, um alívio, fazia o seminário respirar.

Vanessa também não seria isso? A beleza da carne invadindo o mundo do espírito? Uma válvula de escape. No que aqueles jovens cheios de vida ficavam pensando no "silêncio absoluto" das suas noites?

Melhor nem pensar.

Voltou ao escritório, tornou a debruçar-se sobre a escrivaninha. Ele adorava as aulas de canto, mas naquela tarde teve vontade de amordaçar a professora, arrastá-la para dentro do seu fusquinha e despachá-la de volta para sua cidade. Não conseguia se concentrar no seu problema. O seminário prestes a afundar, as ameaças do pastor, de Leonor, de Vera, do prefeito, o risco iminente de um escândalo... e aquelas pessoas cantando!

Cada vez mais irritado. Doente de imaginar que o culpado por tudo aquilo estava ali, cantando, solfejando! Cada dó, ré, mi, fá, sol, lá, si era uma bofetada que o safado obsceno lhe dava na cara. Precisava de calma e silêncio para pensar. Queria invadir aquela sala, sacudir um a um pelos ombros, gritar para que parassem a maldita música, arrancar uma confissão. Antes que fizesse alguma bobagem, recolheu todas as folhas, enfiou-as numa pasta e saiu.

Esbarrou em frei Vasconcelos, que ia em direção ao escritório:

— Estou com a lista dos grãos e legumes que chegaram do supermercado. O senhor não quer conferir e dar logo o visto?

— Agora não. Vou para a minha santa igreja, não consigo pensar com essa cantoria. Volto mais tarde. Quero estar aqui quando as senhoras do Grapose chegarem. Não posso deixar dona Vera solta na área... Me dê que eu confiro com calma.

Padre Roque estendeu a mão com tanta pressa e ansiedade que frei Vasconcelos arrancou a folha do caderno e passou para ele. O reitor quase correu até o carro, bateu a porta com força e sumiu na poeira da estrada.

* * *

Uma tarde angustiante. Tirou todas as folhas soltas de sua pasta e espalhou novamente, dessa vez sobre o tampo da mesa do seu escritório no anexo da igreja. Ficou olhando para elas, procurando, procurando, o estômago doía, a cabeça doía, as costas doíam, a boca amarga, aquilo já havia virado uma obsessão, nem devia ter vindo, às 18h30 precisava estar de volta ao seminário. As senhoras do Grapose chegariam às 19 horas.

O telefone tocou. Era Leonor. Gritando.

— Ele fez de novo! O Demo!

— Calma. O que foi?

— Pra mim! Dentro da panela de arroz! Quando fui guardar no armário!

— Outro bilhete?

— Uma ameaça! O pastor tem razão. Estamos correndo perigo!

— Calma. Leia para mim.

Leonor,
da sua boca só sai o mal. Ela parece que foi feita
para a mordaça. Parece que só tem um jeito: juro a Deus
onipotente não lhe deixar um só dente.
Ou será que o que você fala não sai da boca? Serão
seus peidos tão atrozes que já começam a ter vozes?[5]

— Estou indo para aí. Não faça nada.

— Ele quer me quebrar os dentes! Liguei pro pastor. Ele vai na delegacia amanhã de manhã. Só não vai hoje porque deu a palavra ao senhor.

Desligou. Aquilo estava tomando um rumo perigoso. Psicóticos ficavam agressivos. Podia haver mesmo perigo lá no seminário. E ele seria o responsável. Quis tomar uma ducha e rezar antes de sair. O telefone tocou novamente.

O prefeito!

— O que está acontecendo? Quem está por trás disso? Quero que o senhor me dê uma explicação! Onde já se viu? Está trabalhando para a oposição? O que está rolando nessa porcaria de seminário que o senhor me arranjou?

— O que foi?

---

5. Veja os poemas que inspiraram este bilhete na página 154.

— Abra sua caixa de e-mail! Eu encaminhei a mensagem! Vou mandá-lo para uma paróquia lá no meio dos infernos, você vai ver! Não tem controle sobre seu seminário? Vou prender todo mundo! O que a General Motors tem a ver com isso? O e-mail partiu do seu seminário. É do mesmo bandido que anda escrevendo os bilhetes. O que o senhor sabe sobre isso? Mando fechar a fábrica! Mando uma auditoria lá na concessionária da General Motors! Mando fechar vocês! Mandaram esse e-mail pro Adolfo também. Ele me ligou. Está possesso! Quer abrir processo por calúnia e difamação. A culpa é toda sua! O senhor é o responsável. Vamos querer cabeças rolando, seu padre. Isso não vai ficar assim. Meu nome não pode...

— O senhor pode fazer o que quiser, MENOS faltar com o respeito a um representante da IGREJA! — o reitor gritou. — Não esqueça que está sentado nessa cadeira aí graças ao apoio dos católicos desta cidade.

— Não me venha com...

— E esse rebanho quem comanda sou eu! Se eu quiser, tiro o senhor dessa cadeira! Não estou fugindo da responsabilidade! Há um seminarista com um grave distúrbio mental e...

— Não quero saber de...

— Quieto! Agora quem fala sou eu! Já disse que amanhã de manhã estará tudo resolvido. Não me pressione. Não estou aqui para ouvir desaforos. O senhor e seu amigo Adolfo Bergamin façam o favor de esperar que eu conclua o caso, porque os maiores interessados em evitar um escândalo são vocês. E não será municipal. Teremos um escândalo estadual! Nacional! Querem que os podres da sua administração venham à tona?

— Está me ameaçando?

— Posso perguntar o mesmo. Olhe aqui, já estou cheio de acobertar seus atos ilícitos. Cale a boca! Eu sei de muita coisa, senhor prefeito. Não me ameace. Sei tudo o que se passa nesta cidade. Não me queira como inimigo.

— Mas o que diabos a General Motors tem a ver com isso?

— Não tenho a menor ideia do que o senhor está falando.

— Leia o e-mail!

— Vou ler.

— Isso tem de parar!

— Amanhã!

Bateu o telefone na cara do prefeito.

Todo o seu corpo tremia, mas sua consciência estava satisfeita. Sempre tinha tido vontade de encarar o prefeito, falar umas verdades, colocar aquele homenzinho desprezível no lugar dele.

"Acho que devo essa ao Gregório de Matos."

Certo, para se conseguir a paz necessária à causa do espírito e criar condições para encaminhar outros a ela, era preciso dar a César o que era de César. Só assim essas almas pequenas ficariam satisfeitas. Mas como era bom dar umas cacetadas nos vendilhões do Templo de vez em quando! Paciência tem hora. Cambada de hipócritas! Gentinha que só queria saber de poder e dinheiro.

Não ia admitir que um idiota ignorante como aquele Adolfo Bergamin ou um corrupto como o prefeito e toda a sua corja de ladrões, aquele Ali Babá de província com seus quarenta vereadores, ameaçassem um representante da Santa Madre Igreja! Ele fazia parte de uma instituição que sobrevivia a todas essas almas pequenas, mesquinhas, havia mais de dois mil anos.

Ligou seu computador e abriu a caixa de e-mail.

Já que vocês me atormentam, seus maledicentes nocivos, jogando sobre mim suas próprias culpas e delitos, por crédito de meu nome, e por não temer castigo, e mesmo que descubram quem sou, não me importa a infâmia, saibam o céu, as estrelas, escutem as flores, as montanhas, os peixes e as aves, o sol, os mortos e os vivos, que não há, nem pode haver cidade com mais maldade do que esta, nem com mais vícios. Quantos que a governam, como o prefeito e o senhor Adolfo Bergamin, são velhacos, ingratos. Quantos como esses dois, com pele de ovelha, são lobos enfurecidos, ladrões, falsos, traiçoeiros, mentirosos e assassinos! Por que não largam esta cidade? E ainda querem difamar este seminário! Se algum mal existe aqui, procede de vocês! Se lançam má semente, como querem fruto limpo? Aqui se produziram flores lindas, das quais ainda se conservam algumas, mas depois que vocês lançaram suas sementes viciadas, o que produzia rosas agora só produz espinhos. Mas eu os xingarei! Xingarei por suas obras!

Ouço vocês gemerem. Mas não é pelo horror do pecado, e sim por não consegui-lo.

Dizem que falam a verdade, mas eu imagino que nenhum de vocês a conhece. Até no confessionário se justificam mentindo, com pretextos enganosos e rodeios fingidos. E também àqueles que dão cargos e empregos, por consequência também juram em falso. Todos prometem manter a linha, mas ninguém segue este fio e, por muitas voltas tortas, fazem confusos labirintos.

Apoiaram este seminário, mas são daqueles que vão à missa só para ser vistos. Entram na Igreja, sabe Deus com que sentido, e fazem o sinal da cruz contrário ao do catecismo. E se põem de joelhos, não como fiel, mas como quem vai atirar com espingarda, um joelho no chão e outro erguido. Para o altar não olham, nem para os santos nos nichos, mas para quantas pessoas vão entrando e *vão saindo. À tarde passam nos jogos, no murmurar dos governos, dando leis e dando arbítrios. Tomam posse do dinheiro público até o último centavo e, se a lei os aperta, movem processos renhidos e mostram documentos falsos. E como dos tribunais nunca se vê nenhum proveito, a mentira está na nossa cidade e a verdade vai fugindo.*

O de César dê-se a César, o de Deus a Jesus Cristo, mas debaixo de todo o ouro de vocês existe merda escondida. Debaixo dessa paz, desse amor fingido, há fezes venenosas. O amor de vocês é um ódio mortal que incentiva a cobiça do dinheiro e a inveja dos honestos. Todos pecam pelo desejo de ver o povo arrastado à pobreza ou abatido pelo crédito, e para isso dão golpes cruéis e infinitos à direita e à esquerda. E nem ao sagrado perdoam. Dão golpes de mexericos, tão nefandos, que pela língua não há leões mais enfurecidos. E é desses "valentes" fracos que nasce todo o martírio deste seminário. E cito só esses dois, o prefeito e o Adolfo, mas são mais, são infinitos, são mais do que as formigas deste sítio. E só não roubam papagaios porque são coisas que falam.

Cidade empestada, tão grosseira que a ninguém se tem respeito. E ainda é governada por essa matilha de cães danados. Aqui os cães do governo arranham o gato, não por serem valentes, mas porque sempre a um cão outros ajudam.

O que falta nesta cidade? Verdade. Que mais, por sua desonra? Honra. Falta mais que se lhe ponha. Vergonha. Quem causa tal perdição? Ambição. E o maior dessa loucura? Usura.

Senhor prefeito, quem sobe a lugar alto, que não merece, homem sobe, asno vai, burro parece, porque o subir muitas vezes é desgraça.

Nesta cidade é mais rico quem mais rouba. Quem mais limpo se diz tem mais caspa. Quem tem mão para agarrar ligeiro trepa. Quem dinheiro tiver pode ser papa. Mais isento se mostra o que mais chupa.

Turbulenta cidade, armazém de pena e dor, inferno em vida, terra de gente oprimida, onde se tem por glória o furto, a malignidade, a mentira, a falsidade e o interesse.

Reconheço que no presente padeço mais do que calo. Porém, de agora em diante, antes falar e morrer, que padecer e calar.

GM [6]

Ao ler o remetente, o reitor soltou uma gargalhada. GM não era General Motors, era Gregório de Matos. O bandido já assinava suas obras.

---

6. Veja os poemas que inspiraram este bilhete nas páginas 154-162.

· 11 ·

*As culpas que me dão nele,
são, que em tudo o que digo,
me aparto do verdadeiro
como querem, que haja em mim
fé, verdade, ou falar liso?*

Assim que padre Roque chegou ao seminário, às 18h45, frei Vasconcelos já o esperava com uma cópia do bilhete para Leonor e suas respectivas "fontes de inspiração" acrescentadas ao Relatório Gregório.

* * *

A van com as senhoras do Grapose estacionou no grande pátio na frente da sede da fazenda às 19 horas. A condução era um favor do dono de uma transportadora, primo do prefeito, vitorioso numa concessão fraudulenta para o transporte público. A van pertencia a uma frota comprada com isenção de impostos, e o motorista ganhava também como assessor de um vereador da bancada governista, a quem dava um terço do seu salário.

As oito senhoras entraram no casarão com ar superior de beneméritas, olhar fiscalizador de donas da casa, narizes empinados e apertos de mão frouxos, como quem teme contaminação por bactérias. O reitor as recebeu com seu sorriso padrão, que naquele começo de noite lhe pareceu o mais falso de toda a sua longa vida de sujeição aos donos do poder e do dinheiro, que o obrigavam a compactuar com um monte de sujeiras para conseguir levar adiante seu ideal.

"Os fins justificam os meios, os fins justificam os meios."

Às vezes, precisava ter mais fé nisso do que na Virgem. Se fosse radicalmente coerente com sua integridade moral, devia colocar aquelas senhoras porta fora a vassouradas. Não havia uma só delas que não fosse esposa de um corrupto. Podiam até ter boas intenções, certamente tinham, eram boas almas, porém todas tinham enriquecido com as transações ilícitas dos maridos. E era aquele dinheiro que fazia o seminário existir. Ele usava aquele *meio* sórdido para um *fim* sagrado: formar jovens que continuassem a transmitir à humanidade os ensinamentos de Nosso Senhor Jesus Cristo! Encaminhava o capital de César para Deus, transformava dinheiro sujo em limpo, literalmente *lavava* dinheiro.

Ou aceitava o fato ou desistia da catequese, do serviço episcopal, da possibilidade de confortar as almas aflitas, da missão sagrada a que decidira dedicar a vida. Ao fundar o seminário, sabia que se afundaria ainda mais na política da cidade, nos conchavos, no toma lá dá cá, na convivência com almas limitadas que só tinham o dinheiro como motivação, na gastrite.

Aquela noite seria especialmente insuportável, que Deus lhe desse forças. Se Vera abrisse o bico, ele não ia se segurar; já enfrentara o prefeito, ela que não se fizesse de besta! Fez uma oração silenciosa a são Judas Tadeu, pedindo serenidade para enfrentar aquela situação difícil. Da sua calma dependia a sobrevivência do seminário.

Sustentou o olhar duro que Vera lançou quando passou por ele.

— Precisamos conversar — ela foi logo dizendo, autoritária.

— Depois do terço — retrucou, seco, e deu-lhe as costas.

Ela podia ter todo o dinheiro do mundo, mas na casa de Deus quem mandava era ele.

Os quatro seminaristas, como sempre, esperavam as beneméritas enfileirados, de costas para uma das paredes do grande salão, de cabeça baixa e mãos para trás, prontos a enfrentar o pelotão de fuzilamento.

Uma noite diferente, fora do tédio da vida em cidade pequena: elas chegavam alegres, analisando aparências, um tinha emagrecido, outro precisava cortar o cabelo, o buço do Adílson, as olheiras do Claudemir... Sandro estava resfriado? Por que fungava? Alan estava animado para o próximo bingo? Como iam os familiares? Estavam comendo bem? Todas falando ao mesmo tempo, eles mal tendo fôlego para responder, acostumados à calma e ao silêncio, e afogando-se naquela torrente de palavras que chegava lá de fora, do mundo profano, das novelas de tevê, dos telefones celulares, das lojas, das ruas.

Uma vez por mês aquele ritual se repetia.

Frei Vasconcelos, as oito senhoras e os seminaristas sentavam em um círculo no meio do salão para rezar o terço. O reitor ficava de pé, para manter a lenda de nunca sentar, e abria o encontro, repetindo:

— Nos colocamos aqui esta noite, no seio de Maria, Mãe da Divina Graça, para que ela nos gere para seu filho Jesus. Ela, que gerou Nosso Senhor, agora haverá de gerar esses jovens aqui presentes para Ele.

Todos diziam "Amém", uma delas rezava o terço e os demais repetiam, em voz baixa, de olhos fechados.

Ele gostava daquele momento: um círculo de fé para fortalecer o propósito dos seminaristas. Todas se comprometiam com sinceridade àquela "Adoração Vocacional" mensal, e isso ajudava a manter o seminário vivo. Tanto quanto o dinheiro do marido delas. Reavivava o ânimo, as intenções, os ideais.

Aquela vez, porém, estava sendo diferente. Primeiro, porque quem conduzia a reza era a própria Vera, num tom de voz acima do normal, sem conseguir controlar a rispidez, passando as contas do terço como quem depena um frango. Segundo, porque um daqueles quatro seminaristas ali rezando o terço, contrito, de cabeça baixa e olhos fechados, era um safado, filho da mãe, cínico e pervertido que precisava ser urgentemente desmascarado. Como podia rezar no meio de todos com tanta calma? Só mesmo um psicopata. Claudemir. Tinha certeza. Como provar?

Depois da reza, chá com bolo. O reitor modificara o ritual, substituindo o café pelo chá de camomila, para as senhoras irem embora mais cedo, mas ainda assim elas demoravam e voltavam a falar, todas ao mesmo tempo, num segundo *tsunami* de palavras que terminava de transformar o silêncio habitual em escombros.

São Judas Tadeu fez um bom trabalho na disposição de ânimo de padre Roque. Suportou os olhares enviesados de Vera com mais paciência e resignação do que Jó. Como ela era também conselheira administrativa, ele falou alto, para que todos ouvissem:

— Hoje vou precisar da senhora, dona Vera. Vamos fechar o balanço da cota mensal das doações de alimentos, e pensar como suprir certas carências. Se não se incomoda em ficar até mais tarde, eu a deixo em casa depois.

E assim as outras sete finalmente entraram na van e partiram.

Eram 22h30. Os seminaristas lavaram a louça e foram dormir.

Vera, o reitor e frei Vasconcelos entraram no escritório. Sandro pareceu ter se retardado além do usual no banheiro. Deu uma olhada para o escritório quando saiu. O reitor reparou na expressão apreensiva do rapaz antes de fechar a porta.

— Como está a Vanessa? — padre Roque perguntou, querendo ser polido.

— O que o senhor acha? E ela me escondeu o que estava acontecendo aqui. Isso é inadmissível. O senhor a impedir de me contar foi...

— Não a impedi de nada. Nunca conversei com ela sobre o assunto.

— Leonor falou para ela não comentar com ninguém. A *seu* pedido!

— Primeiro foi a própria Vanessa quem escondeu o fato. Quando ela contou à dona Leonor, já havia recebido cinco bilhetes. Então, de fato, pedi a elas que não falassem nada porque seria muito ruim para o...

— O senhor só pensou no seminário? Manteve minha filha correndo perigo todo esse tempo sem tomar uma providência?

— Ela nunca correu risco. E desde que tomei ciência do problema, não faço outra coisa a não ser tomar providências, dona Vera.

— Que providências?! O que o senhor fez? Ainda hoje ela recebeu mais um bilhete!

Vera abriu a bolsa, tirou o bilhete bem dobrado e bateu com ele sobre o tampo da mesa, como se estivesse jogando buraco e aquela carta desse direito a pegar o morto, e o morto fosse ele. Manteve na mente a imagem de são Judas Tadeu. Os santos eram mesmo muito úteis nessas horas, não se podia usar Deus para tudo — os protestantes não sabiam o que tinham perdido.

— Posso? — Frei Vasconcelos pegou o bilhete timidamente e o abriu, enquanto Vera continuava vociferando.

— Quem escreve coisas assim? Só pode vir de uma mente doentia. Muito doentia! Eu a proibi de voltar! Não antes que tudo se esclareça. Que o culpado seja punido exemplarmente. Se amanhã, veja bem, *amanhã*, o senhor não tiver esclarecido esta situação, meu marido e eu... O senhor sabe que isso configura... Abrimos um processo por assédio sexual!

— Um processo contra quem?

Ela ia falar, mas parou, indecisa.

— Pois é, dona Vera. Um processo precisa de um réu. Não temos um ainda. Quando tivermos, ele será expulso do seminário e tudo estará resolvido, e não precisaremos de processo nenhum. A não ser que a senhora queira processar o seminário, mas uma pessoa jurídica não é capaz de assediar sexualmente uma pessoa física. Claro, a senhora pode processar a mim. O reitor assediando sexualmente uma funcionária do seminário daria um belo escândalo. Um escândalo estadual. Quiçá nacional.

— Não brinque com esta situação, padre, a menina está...

— Brincando? Estou com gastrite, cefaleia, dor lombar, insônia e desesperado! — Levantou os braços para o alto e começou a andar de um lado para o outro. Isto aqui é o sonho da minha vida. A senhora sabe disso. Me ajudou a criá-lo. Me ajudou muito. É uma das pessoas mais importantes. Batalhou incansavelmente para que este seminário se tornasse uma realidade.

— Eu acredito que...

— O que estamos fazendo aqui? Dando a esses jovens uma oportunidade de formação espiritual num mundo cada vez mais voltado para a riqueza material e para a satisfação dos desejos da carne.

— Eu sei que... — ela tentou falar.

— A oportunidade de se tornarem discípulos de Jesus... Só um instante, frei Vasconcelos... deixe-me concluir o pensamento... Como ficou claro na V Conferência Geral do Episcopado Latino-americano e do Caribe, ser discípulo de Jesus significa ir atrás d'Ele, para aprender Seu modo de viver e de trabalhar, amar e servir, e para adotar Sua maneira de pensar, sentir e agir, a ponto de experimentar a máxima de que "já não sou eu que vivo, mas é Cristo que vive em mim". Só um momento, frei Vasconcelos. Mas esse trabalho inclui necessariamente o caminho da cruz. Como disse Jesus, no evangelho de Lucas, "quem não carrega sua cruz e não caminha após mim não pode ser meu discípulo".

Quatro décadas de experiência em dobrar senhoras histéricas como aquela. Era só impor sua autoridade de vigário paroquial, de pastor sobre suas ovelhas. Estava indo bem, a não ser por frei Vasconcelos querendo interrompê-lo, mostrando as duas folhas, tirando sua concentração.

— O que nós fazemos aqui? Fornecemos os meios para essa formação, para o desenvolvimento vocacional desses jovens. Mas eles chegam a nós vindos do mundo, dona Vera. O passado deles é nossa cruz... Visão fragmentada da vida, vícios, carências, fragilidade das convicções, pouca cultura, fraqueza da fé, desconhecimento da tradição da Igreja... Estamos aqui justamente para carregar essa cruz e ajudá-los a responder ao chamado do Senhor... Já lhe passo a palavra, frei... Se os seminaristas já chegassem prontos para a consagração da vida ao Senhor, seria fácil, bastavam os conteúdos específicos de um Seminário Propedêutico, as aulas de Catecismo, Documentos da Igreja e Vida Pastoral e pronto, tínhamos um jovem preparado para o Seminário Maior. Mas não, temos de fortalecê-los na fé. A senhora sabe melhor do que ninguém. Precisamos de aulas de Discernimento Vocacional, Vida Espiritual, Virtudes Teologais, Canto, Língua e Literatura, Vida Comunitária e até Boas Maneiras.

— Eu sei. — Ela já estava mais branda.

— E para que tudo isso? Justamente para *formá-los*! Não é fácil incutir o amor à eucaristia num jovem de hoje. Vivemos uma ditadura do prazer. Temos de desprogramá-los. Veja os comerciais de cerveja! E a tarefa mais complexa é justamente a que se refere à sexualidade. São rapazes, dona Vera. Ainda não têm aquela maturidade afetiva que se espera de um padre, não compreendem a necessidade da renúncia. O caminho da consagração da própria vida é muito árduo, os hormônios os prendem à carne, a luta contra o pecado parece desleal. Chegam aqui completamente desequilibrados. A castidade na idade deles chega a ser uma violência biológica, e eu tenho para mim que, no fundo no fundo, é a causa primeira de todas as desistências. Temos de convencer o corpo deles de que o homem não tem só necessidades físicas... Espere um pouco, frei Vasconcelos... Quero que dona Vera entenda bem. Eles têm de sair daqui convencidos de que o celibato é um carisma. É o que diferencia um padre de seus fiéis. A castidade é um dos caminhos para a maturidade. Ela precisa ser vivida. Mas na idade deles ela é sempre, *sempre*, um sacrifício. É muito difícil. Fazer um jovem cheio de saúde sacrificar-se a si mesmo, tornar esse sacrifício fonte de motivação... Não adianta só incutir a noção de pecado. Estamos no século XXI... Já lhe dou a palavra, frei... A castidade deve ser uma resposta pessoal ao chamado de Deus. Uma passagem que o futuro padre precisa adquirir para trilhar o caminho até Ele. Consagrar o próprio corpo. Crucificar-se. Isso. Por que não? Crucificar-se. Imolar-se.

Vera estava completamente nas suas mãos. Ele se sentia inspirado pelo próprio Espírito Santo e pela Virgem, com o auxílio luxuoso de são Judas Tadeu. Além de não lhe causar problemas, ela sairia dali como sua aliada para defendê-lo contra o prefeito, o Adolfo Bergamin e toda aquela cambada. Faltava pouco para ele concluir, mas o infeliz do frei Vasconcelos não parava de apontar para ele aquelas duas folhas e tentar interromper.

— Em resumo, minha amiga, não quero de maneira nenhuma passar a mão na cabeça do culpado, nem minimizar o que ocorreu, mas isso chega a ser natural, num Seminário Propedêutico, preparatório. É nessa etapa que os vícios são corrigidos. Estamos formando um futuro padre, quem sabe um bispo, um cardeal... Estamos abrindo as portas para o futuro desses meninos. Precisamos ter certa paciência, concorda comigo? Tolerância para os eventuais deslizes. Rigorosos, claro, mas sem sermos injustos. Não podemos condenar o seminário por causa de uma falta, embora grave... Por isso optei pela discrição. Sei qual dos quatro fez isso, mas custei muito a descobrir, podia ser qualquer um dos quatro, não queremos acusar sem provas, não é? Já pensou? Destruir a vocação sacerdotal de um inocente? Sem falar que o injustiçado procuraria se defender. Estaria no seu direito. A repercussão negativa, o escândalo. A senhora sabe muito bem que as desistências são grandes, podem levar ao nosso fechamento. Quer que este seja nosso último ano? Gostaria de contar com a senhora, como líder das senhoras católicas desta cidade... e como amiga. Lute junto comigo para preservar esta casa de Deus. Seja minha aliada nesta luta. Amanhã revelo o culpado. Quem sabe até encontramos uma forma de perdoá-lo.

— O senhor... tem razão, padre. Desculpe. Sempre me faz ver as coisas por outro ângulo.

— Saber perdoar, dona Vera. — Ele sorriu. — Somos ou não somos cristãos?

— Já estou até querendo ajudar o coitado. — Ela sorriu de volta.

— *Fale*, frei Vasconcelos. O que o senhor *quer*?

— Tem dois bilhetes aqui. Estavam dobrados juntos.

— O quê?

— Mas era um só! — Vera olhou para as duas folhas na mão do frei, que as colocou sobre a mesa.

— Um bilhete é aquele, para Vanessa. O outro é para a senhora.

— Para mim? Como assim?

Ela leu:

Sim, dona Vera, estamos nesta cidade, onde o que agrada é adulação, onde a verdade é uma injúria, e a hipocrisia uma virtude. Vivemos aqui como numa fábula de Esopo: vendo falar os animais! Resolvi contar suas torpezas, vícios e enganos. Qual homem pode haver tão paciente que vendo nosso triste estado não lamente? Condeno o roubo! Acuso a hipocrisia! A ignorância da elite dessas terras faz uns serem sérios, outros prudentes, porque o silêncio traz respeito às bestas feras. Uns são bons por não poder ser insolentes, outros são comedidos de medrosos, e outros só não mordem por não ter dentes. Todos vocês têm telhado de vidro. Todos são ruins. Todos perversos! Andam em bandos para cometer suas falca-

truas, todos roubando em seus trabalhos, porque é o que sabem fazer melhor, roubar e fingir que são bons. E parecem sérios e importantes, mas são ladrões encobertos. E para que roubam tanto? Para juntar toda a vida dinheiro para que gaste tudo o seu herdeiro.

Dona Vera, com o marido que tem e com sua hipocrisia, a senhora só é cristã por cortesia, uma fiel de meia fé. Cristã só no nome. Fica levantando as mãos aos céus, esperando com muita fé que Deus a salve. Hipócritas que só andam rezando, mas que não param de usar dinheiro sujo. Que a todos leve o Diabo! A senhora se pinta de verdadeira piedade e, dizendo falar a verdade, nunca fala que não minta. Tem a verdade por afronta, e por crédito a mentira. Sua verdade é mentirosa. Sua mentira é verdadeira. A senhora, com seu dinheiro e suas grandes "obras" religiosas, comprará um lindo mausoléu, mas não a morada no céu! E no seu rico mausoléu a soberba ficará estampada em pedra, guardando sua pobre alma, coitada.[7]

— Isso não estava na minha bolsa quando cheguei! Meu Deus! Ele colocou isso na minha bolsa!

Padre Roque cobriu o rosto com as mãos.

---

7. Veja os poemas que inspiraram este bilhete nas páginas 162-166.

• 12 •

Ou eu sou cego em verdade,
e a luz dos olhos perdi,
ou tem a luz, que ali vi,
mais questão, que a claridade.

Leonor tinha razão? Havia um demônio à solta no seminário? O espírito de Gregório de Matos saltando dos códices para infernizar sua vida? Vera nem quis a carona. Ligou para o motorista da família buscá-la. Não houve mais como controlá-la com palavras, e toda a retórica anterior do reitor, digna de padre Antônio Vieira, tinha sido perdida graças a um simples bilhete. "Hipócritas que só andam rezando, mas que não param de usar dinheiro sujo." A aliada virou a mais ferrenha inimiga e foi embora possessa, esbravejando, ameaçando até as paredes, tão indignada e ofendida que era capaz de abrir um segundo processo de assédio sexual acusando o miserável de ter violentado sua bolsa.

Como ele havia conseguido colocar o bilhete lá dentro? Mágica? Atividade sobrenatural? Ela não largara a bolsa nem um segundo. Demônio? Não, o reitor lidava com o mundo espiritual havia tempo o suficiente para não acreditar em entidades. Os fatos no mundo físico eram provocados por agentes físicos: um daqueles quatro seminaristas era esperto e hábil o suficiente para abrir e fechar uma bolsa sem que a mulher se desse conta. Talvez enquanto ela rezava o terço e todos estavam de olhos fechados!

Uma habilidade de batedor de carteiras, de punguista. Adílson parecia ingênuo demais para tanto. Claudemir vinha da floresta, não teria nem oportunidade de treinar. Sandro era um filhinho de papai, não precisaria roubar para satisfazer seus desejos. Todas as suspeitas caíam sobre Alan: criado sem a autoridade paterna, pouco dinheiro, solto no mundo, convivendo com prostitutas, malandro, esperto...

O reitor ficou no escritório, andando de um lado para o outro, como uma fera enjaulada. Na sala do computador, frei Vasconcelos pesquisava os poemas, para atualizar seu Relatório Gregório. Na sua fúria, Vera deixara para trás os dois bilhetes. Ele tinha também o e-mail passado para o prefeito e para Adolfo Bergamin.

Esperou a pesquisa ficar pronta. Queria ter o maior número possível de papéis na pasta. Quanto mais folhas, maior a aparência de estar acumulando provas. Provas? Que provas? Estava completamente perdido, confuso. Suas suspeitas eram como moscas de padaria, pousavam sobre os doces aleatoriamente: todos eram bons, todos pareciam promissores, não havia como se decidir por um ou por outro.

E só contava com aquela noite para achar o culpado antes que o escândalo estourasse como uma represa cheia de rachaduras: os protestantes, o prefeito, o maior empresário, a mulher do maior latifundiário... Nem o bispo ficaria do seu lado quando a história chegasse a seus sagrados ouvidos; a instituição da Igreja não podia ser abalada. Seria necessário oferecer um sacrifício a Jeová, como dizia o Velho

Testamento, e nesse caso com certeza o bode expiatório seria ele.

Uma noite para evitar o fechamento do seminário.

Uma noite para impedir sua própria crucificação.

Ansioso, leu os poemas selecionados pelo frei relativos ao bilhete para Vera.

* * *

Estava louco para voltar à Igreja. Quando o resto do Relatório Gregório ficou pronto, enfiou-o na pasta junto com os bilhetes e dirigiu como sonâmbulo pela estrada escura e deserta: faróis cortando as árvores, iluminando por segundos galhos secos como braços de esqueletos implorando clemência aos céus, atravessando o nevoeiro gelado, o ambiente perfeito para aquele pesadelo sinistro.

Foi primeiro à cozinha, preparou um café forte, encheu a garrafa térmica, depois seguiu para o escritório, onde abriu a pasta e espalhou sobre a mesa todos os papéis que estavam dentro dela, um ao lado do outro, junto aos que já estavam lá, todos os bilhetes, os ditados, o Relatório Gregório... disposto a passar a noite pensando, olhando e pensando, andando em volta da mesa, bebendo café, olhando e pensando.

O culpado havia de brotar daqueles papéis, padre Roque só podia contar com aquilo, as únicas evidências, aqueles papéis. E suas deduções. A verdade tinha de estar ali, sobre o tampo da mesa, e em algum lugar do seu cérebro. Uma conexão.

Os bilhetes eram as únicas manifestações físicas da existência do pervertido. A mão do bandido estava ali, nas linhas, nas folhas, nas letras. E numa daquelas quatro folhas de ditado. Qual? Quem?

Leu os poemas do Relatório Gregório referentes ao e-mail para Adolfo Bergamin e para o prefeito.

* * *

Como podia ser contra aquilo? Não era ao que ele assistia ali mesmo, em sua cidade? Que mundo do avesso era este que aquele que dizia a verdade era chamado de Boca do Inferno? Calma. Não, não podia passar para o lado do "bandido", era só o que faltava. Não era o momento para contestações juvenis. O mundo provavelmente era aquela porcaria desde os tempos da expulsão de Adão e Eva do paraíso. Agora o que importava era salvar o seminário, usando todas as armas possíveis, inclusive a mentira e a hipocrisia. Guerra é guerra.

Leu os últimos poemas de Gregório de Matos que faltavam, inspiradores do último bilhete para Vanessa.[8]

* * *

Sujeito maluco. Devasso. Safado.

Bem, divertido também.

O tal Relatório Gregório não servia de muita coisa, só reafirmava que o miserável conhecia a obra do poeta baiano, mas todos os seminaristas podiam usar o computador, tinham inclusive aula de informática, de quinze em quinze dias. O computador podia ser uma pista?

Dos quatro, certamente Sandro era o mais acostumado com computador, devia ter um à disposição desde criança. Adílson era o mais interessado nas aulas de informática, o

---

8. Veja os poemas nas páginas 152-153.

computador do seminário foi o primeiro em que pôs a mão, e ele estava ávido por isso. Alan tinha bastante prática também, era ele quem divulgava os bingos do seminário. E Claudemir costumava passar horas na sala de informática, fazendo sabe-se lá o quê, misterioso como sempre, a ponto de já ter sido advertido pelo frei. Por aí o reitor também não avançava nem um milímetro nas investigações.

Seus olhos pousaram na cópia impressa do e-mail. O único bilhete assinado. GM. Lembrou da aula do frei: não existia um único poema autografado de Gregório de Matos, ninguém conhecia sua assinatura. Todos os bilhetes do seminarista também, claro, menos aquele. GM. O que ele queria dizer com aquilo? Claro! Já sabia que haviam descoberto a fonte da inspiração dos bilhetes e se dava ao luxo de ser irônico, brincar.

Qual dos quatro brincaria com uma coisa assim? Adílson e Claudemir não tinham humor: um era tímido demais, o outro, provavelmente um psicopata. Só Alan e Sandro seriam capazes de se divertir com a situação, tripudiar, sim, isso parecia um indício seguro. Tomou mais café. Queria ter o consolo de um bom charuto, mas não fumava. Não podia dar maus exemplos para a juventude. Reprimir os desejos era mesmo uma boa estratégia para convencer os jovens das vantagens da vida espiritual? Provavelmente não. Por isso a simples passagem de uma garota como Vanessa pelo campo de visão de um seminarista era capaz de pôr todo um ano propedêutico a perder e acabar com mais uma vocação eclesiástica.

Mas era uma questão de território. Para ficar com o território do espírito, a Igreja tinha de abrir mão do território da carne e cercar bem o seu terreno contra todas as invasões dela, uma cerca de pureza, mandamentos, contenção, ascetismo, frugalidade, castidade, recusa aos prazeres, aos vícios... Isso dificultava terrivelmente o recrutamento dos jovens para o mundo espiritual; era preciso convencê-los a não querer o que mais queriam, por isso a carne estava ganhando território a cada dia, avançando com sua cerca de promessas de desejos satisfeitos e alegria. Como concorrer com propagandas de mulheres lindas de biquíni tomando cervejas geladas numa praia num dia de sol maravilhoso? Com um velho neurastênico, todo vestido de preto, vociferando contra os pecados do mundo? Mas se o que o jovem mais queria era justamente praticar esses pecados!

Aquela estratégia claramente não estava dando certo. O seminário não estava sempre correndo o risco de fechar por falta de alunos? Mas o que a Igreja podia fazer para atrair a juventude? Por que a propaganda não associava o prazer à espiritualidade? Havia prazer nas descobertas do intelecto também. Por que a mulherada de biquíni na praia não podia distribuir livros em vez de cerveja? Ou por que não continuavam a distribuir cerveja, mas numa biblioteca? No meio dos livros, claro, umas Bíblias, quem sabe? Os protestantes estavam ganhando aquela guerra. Eles atraíam os jovens com música, shows, pastores animados, sabiam vender o seu produto. Como o frei explicara, haviam feito uma Reforma capitalista na Igreja católica e tornaram-se muito mais eficientes e pragmáticos. Davam o que os fiéis queriam. E não exigiam a castidade dos pastores, só que segurassem um pouco a onda, casando.

Para o reitor restara a Contrarreforma, a reafirmação dos princípios rígidos do catolicismo. Assim ficava difícil ganhar aquela guerra. Vanessa de camiseta justa e jeans apertado tinha mais poder do que todas as resoluções do Concílio de Trento. Bebeu mais café. Não podia perder tempo com digressões. Por que pensara em charuto? Vontade de um vício que nunca teve? Estava ficando maluco?

Concentrou-se novamente nos papéis espalhados sobre sua mesa. A assinatura GM significava ironia, escárnio, vaidade... Aquelas palavras o remeteram a um método de estudar os temperamentos humanos chamado *Eneagrama*. Havia um livro antigo sobre isso em sua estante, do tempo em que se interessara por assuntos esotéricos. Encontrou o volume, folheou as páginas amareladas.

Eneagrama era um sistema milenar de sabedoria egípcia, que classificava os tipos humanos em nove categorias. *Emneas* significa número nove, em grego, e *grammos*, figura.

1. Instintivo
2. Prestativo
3. Competitivo
4. Individualista
5. Observador
6. Questionador
7. Sonhador
8. Líder
9. Pacifista

Cada ser humano tinha um pouco de cada uma dessas características, mas desenvolvia *uma* delas como defesa diante das pressões da realidade. Essa opção formava o *Tipo*.

Consultara o Eneagrama muitas vezes no passado, usando até as informações que ouvia no confessionário, para classificar seus fiéis e poder lidar com eles, ajudá-los.

Estudar a personalidade do culpado e encontrar o seu Tipo podia ser muito útil. Naquela situação estava valendo tudo. Guerra é guerra.

O Tipo era encontrado analisando o sujeito segundo cinco Paixões. A ideia era que nossas defesas diante da realidade, nossos estresses, geravam a perda da Virtude e o desenvolvimento de Paixões. As Paixões eram cinco:

1. Fixação
2. Motivação
3. Vício
4. Ideia Sagrada
5. Compulsão

Podia ser bobagem, mas funcionava. Você isolava alguma Paixão do sujeito, uma da qual não houvesse nenhuma dúvida, ia na tabela fornecida pelo Eneagrama e, como mágica, todas as outras quatro iam se encaixando. No final aparecia o Tipo a que ele correspondia. Para o bem e para o mal.

Padre Roque havia experimentado em si mesmo. Sua Paixão mais clara, que guiara seu destino, e também sua defesa contra a realidade, havia sido a Ideia Sagrada. Dentro da Ideia Sagrada, segundo o Eneagrama, havia nove possibilidades: Perfeição, Vontade, Harmonia, Origem, Onisciência, Força, Sabedoria, Verdade e União. Entre as nove, o sentimento que ele associava à Ideia Sagrada era sem dúvida a Harmonia. Então teve de aceitar o resultado: quem tinha como Ideia Sagrada a Harmonia, tinha como Fixação a Autoimagem; como Motivação o Ser Admirado; como Vício a Vaidade; e como Compulsão a... Mentira. E seu Tipo era o 3: o Competitivo.

Saber que era competitivo, vaidoso e mentiroso foi um dos motivos para ter largado aquela história de Eneagrama. De qualquer forma, aceitando o veredicto, havia sempre sua fé: os fins justificam os meios. Seu *fim* era o Bem. Usava todas as suas Paixões para o Bem, para a causa sagrada, para difundir os ensinamentos de Jesus.

Qual Paixão ele podia dizer que com certeza um de seus quatro seminaristas demonstrara com aqueles bilhetes? Foi na tabela. Parecia evidente: com certeza o tarado tinha o Vício da Luxúria. Era sua única característica conhecida. As outras seriam reveladas pelo Eneagrama. Seguiu a tabela e anotou numa folha de papel. E tudo se encaixou.

Quem tinha como Vício a Luxúria, tinha como Fixação a Justiça; como Motivação o Ser Respeitado; como Ideia Sagrada a Verdade; e como Compulsão a Vingança.

E seu Tipo era o 8: o Líder.

O Líder!

A palavra o remeteu imediatamente a outra: bingo!

Chegou a rir.

Aquela interjeição de alegria, de acerto, de ter completado o cartão, era bem apropriada.

— Bingo! Bingo! — gritou no seu escritório.

O café o estava deixando excitado. Era um alívio o consumo de algumas drogas ainda estarem fora da longa lista de pecados.

— Bingo!

Estava eufórico.

Quem era o líder dos bingos daquela paróquia? Quem comandava os Bingões? Quem assumia o microfone e cantava as pedras?

Alan. Alan! ALAN!

Sim, tudo se encaixava.

Fixação: a Justiça.

Ele escrevera os bilhetes para Vanessa como uma brincadeira. De mau gosto, claro, mas brincando. Os bilhetes não deixavam de ser divertidos. Aí as pessoas se voltaram contra o seminário: Leonor, o pastor Estanislau, Vera, o prefeito...

Aquilo era injusto. Então Alan quis fazer justiça e passou a atacar todos eles.

Motivação: Ser Respeitado.

Era uma consequência do senso de justiça. Alan não deixaria que os "poderosos" o atacassem só porque era um simples seminarista.

Ideia Sagrada: a Verdade.

Bebeu mais café e riu. Não se podia dizer que o safado mentira... Leonor tinha mesmo uma bunda enorme e soltava puns homéricos quando achava que estava sozinha lavando roupa. Vera, "com o marido que tem e com sua hipocrisia", era mesmo uma "cristã por cortesia, uma fiel de meia fé, cristã só no nome". E os que governavam aquela cidade, "como o prefeito e o senhor Adolfo Bergamin", não eram de fato "velhacos, ingratos"? "Quantos como esses dois, com pele de ovelha, são lobos enfurecidos, ladrões, falsos, traiçoeiros, mentirosos e assassinos!" Não havia acusações do Ministério Público contra o prefeito por desvio de verbas e contra o marido de Vera por ser mandante da morte de um líder do MST? E, afinal, podia ser acusado de mentir quem dizia a Vanessa "Teu rosto me agrada, teu riso me enfeitiça, teus quadris me enlouquecem"?

Compulsão: a Vingança.

Primeiro a sensação de estar sendo injustiçado, depois a necessidade de ser respeitado, isso conduzia naturalmente ao desejo de vingança. Fora os bilhetes para Vanessa, em todos os outros havia um tom vingativo. Num lugar em que a lei não funciona, vingança era a justiça dos oprimidos contra os poderosos.

Vício: a Luxúria.

Bom, este até o próprio reitor havia cometido em pensamento diante de Vanessa, mas graças aos céus o seu Vício era a Vaidade e a sua Fixação era a Autoimagem, e ele podia exercer sua Compulsão, a Mentira, mentindo a si próprio, afirmando que Vanessa, para ele, era apenas uma nostalgia dos hormônios. E graças a Deus e à Virgem seu Tipo era o 3, o Competitivo, porque ia ganhar aquela guerra e impedir que o seminário fechasse!

Mais café.

Sempre de pé! Nunca sentar!

Há sempre muito o que fazer!

Alan era o culpado!

O escritório ficou pequeno para tanta euforia. Saiu para o pátio dos fundos, para ver as estrelas. Três horas da manhã. Uma coruja rouca crocitava na copa da amendoeira. Não havia estrela nenhuma. O nevoeiro tornava a realidade uma sauna a vapor fria. Permitiu-se uma pequena paixão: fazer xixi na grama. Aquilo seria um vício, uma compulsão ou um pecado? Certamente era um alívio. Um homem não podia fazer xixi ao ar livre sendo padre? Se tudo que uma pessoa fizesse com seus órgãos genitais fosse errado, a vida seria impossível. Bom, ninguém estava olhando, e isso era o mais importante.

De repente, abaixando a batina, caiu na real. A descoberta não servia de nada. A euforia besta era efeito da cafeína, e não de uma prova concreta. Ou ele achava que poderia acusar Alan baseado num "antigo sistema egípcio de estudo da personalidade"?

"Pessoal, o Eneagrama apontou Alan como autor dos bilhetes. Que legal. Pronto. Está tudo resolvido. Ele vai ser expulso e viveremos felizes para sempre."

Estúpido.

Voltou ao escritório e a se debruçar sobre os papéis.

Mas o Eneagrama tinha sido fundamental. Agora sabia que o culpado era Alan! Só precisava encontrar uma prova concreta. Alan, o Líder. Alan, o cínico. Alan, o punguista capaz de abrir e fechar uma bolsa sem a dona perceber. Alan, o amante experiente de prostitutas, o sedutor, malandro, irreverente, justiceiro, vingativo, sem medo das autoridades, carente de pai, brincalhão, desafiador. A prova contra ele estava ali, na sua frente, naquelas folhas. Era só se concentrar nele, estreitar o foco na... o foco! Lembrou-se da lupa! Era o símbolo mais comum dos detetives. Havia uma enorme, ali mesmo, na primeira gaveta da esquerda.

Mais café!

Debruçou-se ainda mais, empunhando a lupa, examinando folha por folha, centímetro por centímetro, e voltando a examinar, e voltando, e girando em torno da mesa, e se concentrando nos manuscritos, nos bilhetes e no ditado de Alan, passando a lupa lentamente, parando sobre cada letra, cada vírgula, mais café, numa obsessão maníaca, examinando cada pedacinho de papel, ampliando cada milímetro quadrado, e agora de todos os papéis de novo, e café... até encontrar!

Conferiu dezenas de vezes. Todas as folhas com manuscritos. Examinou novamente. Sem a lupa. Com a lupa. Outra dezena de vezes. Mais café. Afinal!

Precisou sentar. Teve de sentar porque suas pernas bambearam. Lá estava a prova!

• 13 •

Querem-me aqui todos mal,
mas eu quero mal a todos,
eles, e eu por vários modos
nos pagamos tal por qual:
e querendo eu mal a quantos
me têm ódio tão veemente
o meu ódio é mais valente,
pois sou só, e eles são tantos.

— Veio de mochila. — O reitor sorriu.
— Quando me chamou para esta conversa, eu já sabia que o senhor sabia.
— E não vai voltar?
— Não. Deixei um bilhete.
— Não. Bilhetes, não. Não faça mais isso. Por favor. — E o reitor sorriu de novo.
— É o último. Assumo a culpa, explico tudo, o senhor mostra para Vanessa, dona Leonor, dona Vera, o prefeito e o seu Adolfo. Fica tudo bem. Eu ia fazer isso esta manhã mesmo se o senhor não tivesse descoberto. Não queria prejudicá-lo. Não quero que fechem o seminário. Minha intenção

não era essa, nunca foi, pelo contrário. Mas a coisa ficou fora de controle.

— *Você* ficou.

— Por que quis conversar aqui, junto da cerca?

— Queria sair de perto da casa, para ninguém nos escutar. Ver a cerca nova que vocês estavam erguendo aqui na estrada pareceu uma boa ideia. Mas você vindo de mochila deve ter chamado atenção.

— Ninguém me viu, senhor.

— Está bem. O que acontecer daqui para a frente eu conserto. Todas as suas coisas estão aí?

— Atravesso a cerca, pego a estrada e sumo no mundo.

— Você parece estar vivendo uma crise espiritual intensa. — O reitor colocou a mão direita no ombro dele e depois tirou.

— E alguém não está? Acho que no fundo toda alma é barroca.

— Sempre me pareceu o mais centrado, vivenciando Deus mais intensamente do que os outros. Mas é aí que está o problema, não é? A fé extremada vira descrença extremada. Nos extremos os contrários se tocam, se misturam.

— Há períodos na minha vida em que Deus ilumina minha alma, enche meu coração de certezas. Mas, em outros, a dúvida me abate. Nos últimos dias entrei em crise, reitor. Ontem, por exemplo, estava aqui mesmo na cerca, junto com os outros, e um pernilongo mordeu meu calcanhar. Eu o matei. Aí eu pensei: ele morreu sem entender nada... Quem sou eu para ele? Eu o matei e ele não sabe quem fez isso, nem por quê. Deus não é isso? Uma força que nos mata de repente e a gente não sabe o que é, nem por que fez isso? Eu sou Deus para o pernilongo. Deus é alguma coisa que eu não entendo. Estou confuso, senhor. Acho que nunca vou entender Deus e estou só numa *instituição* que afirma que entende o que Deus é. Desculpe.

— É assim mesmo. Toda fé é bipolar. Parece que a fé é uma espécie de extremismo. Se a gente não acredita completamente, a fé não se sustenta. Por isso existe tanto fanatismo nas religiões.

— Mas o senhor parece sempre tão equilibrado.

— Sou da ala pragmática, meu filho. Um missionário, aquele que tem uma missão. Me preocupo mais com o amparo, a caridade, do que com a doutrina. Procuro me ver como pastor, como aquele que guia, protege e conforta. Não sou um teólogo. Por isso este Seminário é o sonho da minha vida. Um porto seguro para o espírito dos que querem avançar em direção a Deus.

— E eu quase estraguei tudo.

— Que ninguém nos ouça, mas para mim Deus está tanto aqui como no templo do pastor Estanislau, num terreiro de umbanda ou no gesto de amor ao próximo de um ateu. Se Ele me matar com um tapa, como você fez com o pernilongo, não vou ficar ressentido porque acredito que Ele teve um bom motivo, embora eu provavelmente também nunca vá saber qual foi.

— O pernilongo não podia saber que era errado, nem ao menos arriscado, morder um calcanhar.

— E não se pode dizer que ele foi punido por pecar, porque estava só se alimentando.

— Serei punido por ter pecado?

— Se atravessar esta cerca e for embora, acho que vai ficar tudo bem.

— O senhor é mesmo bem prático, reitor.

— Passo a vida lidando com as fraquezas humanas. Principalmente as minhas.

— Essa coisa que o senhor disse, que o Deus do pastor e da dona Leonor é o mesmo que o nosso...

— Cada Deus é apenas uma interpretação para o mesmo sentimento, meu filho. Essas guerras religiosas na verdade são uma estupidez. E um contrassenso, claro, já que estamos todos pregando o amor. O que importa isso diante da dor e do sofrimento? A gente se vira como pode. Quer ouvir o pensamento herege que tive a semana passada? O maior ateu deste mundo pode ser o papa.

— O papa?

— O representante de Deus na Terra, milhões e milhões de fiéis acreditando que ele se comunica diretamente com Ele. Imagine se isso não acontece, se ele não tem esse contato. Ele *sabe* se Deus existe ou não. Não queria estar no lugar dele. Prefiro não arriscar a minha fé. Quero ser apenas padre. Bom, ser bispo não seria mal.

— Isso me parece blasfêmia.

— Da grossa. No tempo da Inquisição eu viraria churrasquinho. Heresia braba. Gregório de Matos ia adorar. E fazer um poema. Ainda bem que você está indo embora.

— Eu era tão radical na minha fé, mas de repente comecei a entender Gregório. Sua raiva contra a hipocrisia. Acho que tenho uma alma barroca como a dele, senhor.

— Por que você meteu Gregório de Matos nessa história? Ah, espera, deixa ver se eu adivinho, começou como uma brincadeira e depois foi ficando sério.

— Não. Começou sério. Depois é que virou brincadeira.

— Explique.

— Tudo por causa da Vanessa.

— Imagino. E compreendo.

— Ela perturbou o seminário desde o primeiro dia. O senhor sabe por quê.

— Sei. É bem evidente.

— Mas não da minha parte, senhor. Acredito mesmo na castidade como liberdade da pessoa e no celibato como sacramento, estou preparado para o celibato, mas Vanessa era a própria ideia da tentação passando o dia entre nós. Em vez de ideal sublime, ela tornava a castidade um sacrifício. A visão de Vanessa com a frente do vestido molhada pendurando roupa no varal, ou com a saia presa entre as coxas, agachada, limpando peixe na beira do rio ou...

— Pode pular os detalhes.

— Quis proteger o seminário.

— Quem precisa de inimigos?

— O principal problema não são as desistências, reitor? Quando chega essa época, o final do ano se aproximando, não começa a apreensão, o medo de que todos abandonem o seminário? Se isso acontecer, ele fecha, não reabre mais no ano seguinte, perde o apoio dos políticos, dos empresários.

— Aí você resolveu me *ajudar*.

— Vanessa podia ser um motivo para desistências. Ela é um argumento vivo contra os benefícios da castidade.

— Tenho de concordar.

— O seminário é um retiro *espiritual*. A gente entra num seminário disposto a sair do mundo, a substituir as necessidades físicas pelas necessidades espirituais. Isso é muito difícil, é preciso muita oração.

— Tomei muito banho gelado.

— Aí ela passa e estraga tudo! Faz qualquer seminarista querer voltar correndo para o mundo lá fora e desistir da castidade na primeira oportunidade. Não há oração que chegue. A visão de Vanessa precisava ser evitada.

— Podíamos ter resolvido de outra maneira. Conversando, por exemplo.

— Como? Chegar para dona Vera e dizer: "Olha, sua filha é bonita demais, é uma tentação, é o próprio pecado, não pode continuar por aqui". Seria dar a todos um atestado da nossa fraqueza, da nossa falta de fé e determinação.

— Complicado mesmo. Concordo que Vanessa não estimula nem um pouco o voto de castidade. Mas por que Gregório de Matos entrou nessa, meu filho?

— O melhor era Vanessa querer sair por vontade própria. Pensei então que, se ela sofresse alguma espécie de assédio, ficaria incomodada e não ia querer voltar. Tive a ideia dos bilhetes, mas fiquei com medo de que, se escrevesse da minha cabeça, alguém percebesse que era eu. Já conhecia alguma coisa do Gregório. Fiz uma pesquisa na internet e adaptei trechos dos poemas dele. O resto o senhor já sabe.

— E como as coisas chegaram *aonde* chegaram?

— Achei que escrever um ou dois bilhetes já seria suficiente para ela ficar indignada. O que ela faz aqui é um trabalho voluntário, pode sair a qualquer momento. Ela mesma ia sentir que sua presença estava atrapalhando nossos estudos. Receber bilhetes de amor de um seminarista que deveria estar rezando! Mas não entendo nada de mulheres, senhor. Ela *gostou* dos bilhetes. No começo. Não contou pra ninguém. Achou que eram do Sandro.

— Sandro?

— Começou a lançar olhares pra ele. O Sandro não entendeu nada. Mas como resistir, coitado? Ela perguntava se o café estava gostoso, se queria mais um pãozinho, mais leite, se a polenta estava boa de sal, se queria que ela usasse alvejante nas camisetas dele. Aí fiquei com medo, eu tinha *piorado* a situação e achei que, se os bilhetes ficassem mais diretos, mais pesados, mais estranhos, meio psicóticos, falando em morte, e claramente em sexo, ela afinal ia se apavorar e partir. Procurei na obra de Gregório, ele tem poemas até pornográficos, sabe ser bem explícito... Continuei mandando bilhetes anônimos para ela. Mas também deu errado. Em vez de sair do seminário, ela mostrou os bilhetes para a dona Leonor, e dona Leonor é protestante, e eles são ainda mais puritanos. Foi quando ela mostrou para o pastor Estanislau que a coisa, como eu disse, foi saindo do meu controle. Aí, confesso para o senhor, a essa altura acho que já estava impregnado pelo Gregório de Matos. Fui ficando com raiva de todo mundo, da hipocrisia de toda essa gente, e parti para o desacato. Sempre espalhando bilhetes. Comecei com a própria dona Leonor. Ela trabalha aqui, ganha salário, e fica contra a gente, e mostra os bilhetes para o pastor, e deixa ele tirar cópia e mostrar para um advogado e então ameaçam o seminário!? Daí não consegui mais parar, senhor. Dona Vera, o prefeito, o dono aqui da fazenda, o tal Adolfo Bergamin... Todos eles ameaçando o senhor! Quem essa gente pensa que é? Corruptos! Hipócritas! E se acham superiores moralmente! Fui me identificando com o Gregório, senhor. Ele também não se conformou com a hipocrisia. São todos "moralistas", não é? Todos zelam pelos "bons costumes". Todos têm "princípios morais rígidos". Mas isso não impede que roubem o dinheiro público, que façam conchavos, qualquer negócio para se manter no poder, ou para ganhar cada vez mais dinheiro. O Gregório de Matos tinha poemas para todos eles, senhor. O Brasil parece que não muda.

— Talvez não seja o Brasil. Talvez seja a natureza humana.

— Então nossa missão é inútil, reitor. O que estamos fazendo aqui, se o ser humano não tem jeito?

— E se *alguns* tiverem? Não *todos*. Alguns. E se esses poucos precisam encontrar lugares onde possam desenvolver suas potencialidades? Nem todos querem ser médicos ou advogados, mas para os que querem existem as faculdades de Medicina e Direito. Nem todos querem ser corruptos e hipócritas. Eu tenho fé que este meu Seminário Propedêutico seja um espaço para aqueles que não optarem pela corrupção e pela hipocrisia possam se desenvolver. Mas, para isso, preciso de dinheiro e condições.

— Aí se mistura com toda essa gente. Desculpe.

— Não, eu não me engano, filho. Sei exatamente em que estou me metendo. A Igreja tem uma longa experiência em se misturar ao "mundo". É por isso que duramos tanto.

— Pois é isso que questiono. Estamos mesmo a serviço de Deus ou de uma instituição como qualquer outra, que quer conquistar e aumentar propriedades?

— Não podemos ser as duas coisas?

— Não!

— Podemos, sim. E a prova disso é que *existimos*. E eu, como um simples padre de aldeia, tenho tanto poder quanto um prefeito ou um latifundiário. De onde vem o meu poder? De uma instituição. Quem eu seria sem a Igreja?

— "Os fins justificam os meios."

— Já me ouviu repetindo isso várias vezes, não é? Os orientais diriam que é o meu *mantra*.

— Desculpe, senhor, não consigo acreditar mais nisso. Esse é o fundo de todo o meu problema. E se não houver um "fim"? Para a hipocrisia e a corrupção, por exemplo, parece que desde o tempo do Gregório de Matos não houve um fim. Então, todos os meios corruptos e hipócritas para acabar com a corrupção e a hipocrisia só produzem, na verdade, mais corrupção e hipocrisia. E se o "fim" não passar de uma sucessão de "meios"? Então compactuar com o mal visando a um bem é apenas reproduzir o mal. É o "meio" se tornando "fim".

— Acha que já não passei por isso na sua idade? A gente acaba tendo de escolher. E se eu não fizer nada? Se não houver espaço para pelo menos propagar a *ideia* de que não se deve ser hipócrita nem corrupto, onde os jovens vão encontrar isso? O meu seminário é um espaço desses.

— Mas para mantê-lo o senhor tem de entrar em acordo com esse pessoal, tem de aceitar o dinheiro deles.

— Sem o dinheiro deles não existiria o seminário. É um beco sem saída. Os fins justificam os meios ou os meios não justificam o fim? Quer saber? Sei lá. Optei pela primeira hipótese porque ela fala mais alto à minha alma. Mas a segunda hipótese também está certa. Você quer seguir por ela, tem todo o meu respeito. Vai desistir do seminário, então?

— Vou, senhor. Desculpe.

— Vá em frente. Já pensou no que fará?

— Vou ser professor. Laico. Acho que na escola também se combate a hipocrisia e a corrupção.

— É, sim. É um lugar sagrado também. Parabéns. Muito bem. Mas a escola também é uma instituição, viu?

— É verdade... Sabe, nem eu esperava isso de mim, senhor. Acho que foi Gregório de Matos.

— Que ninguém nos ouça, mas também tenho de agradecer àquele louco baiano sem papas na língua. Se você visse como enfrentei o prefeito no telefone...

— Será que o Gregório não encontrou um caminho superior aos nossos?

— Como assim?

— Falou o que pensava, reitor. Simples assim. Sem instituição para defendê-lo. Um poeta e sua obra. Apenas papel e tinta e toda a indignação que um homem é capaz de ter. E com isso entrou para a História e deixou um exemplo de luta contra a hipocrisia para todas as gerações.

— Eu não sou poeta. Por que você não tenta? Não descobriu que tem uma alma barroca? Pode fazer isso sendo professor. Mas provavelmente será expulso das escolas. Enfim...

— É... Alma barroca... Iconoclasta por um lado, religiosa por outro. Vivendo nos extremos.

— Extremamente puritana... Aí, começa a ler o Boca do Inferno...

— Pular de um extremo a outro. Nunca conseguir seguir pelo meio. Eu o invejo, reitor.

— Não me inveje, não. A estrada do meio é cheia de tédio. A gente quer abandoná-la e não consegue, não pode. As coisas só podem ser abandonadas a partir dos extremos. Olha o que você está fazendo. Até ontem um católico convicto, seguro de sua vocação sacerdotal, agora prestes a pular essa cerca. Pode nos abandonar porque nos conheceu profundamente. A alma barroca. Querer conhecer profundamente os dois extremos. Você é um purista, idealista. Eu sou um pragmático, realista. Provavelmente daqui a uns vinte anos você ainda me encontre aqui, se Deus permitir, comandando um Seminário Maior, aturando essa cambada de corruptos e hipócritas, mas tendo usado o dinheiro deles para formar padres que vão garantir a continuidade da mensagem de Jesus. Isso me basta para continuar acordando animado todas as manhãs.

— Eu o respeito muito. Tenho uma admiração imensa pelo seu trabalho.

— Nós não somos como eles. Não somos corruptos. Bom, eu talvez seja um pouco hipócrita e mentiroso, mas é por uma boa causa.

— Quando vi que meus bilhetes podiam causar o fechamento do seminário, quando vi que estavam todos contra o senhor, que se não descobrisse o culpado até agora de manhã... me desesperei, me arrependi amargamente, e durante a noite escrevi uma carta confessando tudo. Ia fugir depois do café, mas o senhor me chamou até aqui, a esta cerca, e entendi que já sabia. Foi bom porque pude lhe pedir desculpas pessoalmente.

— Não foi fácil descobrir. Passei a noite em claro.

— Como conseguiu?

— Os bilhetes, os ditados e uma lupa.

— Mas as folhas de todos os cadernos eram exatamente iguais. Tomei todo o cuidado.

— Sim. Todas as folhas *dos bilhetes* eram iguais. Mas as dos quatro *ditados* não.

— Como assim?

— As folhas dos bilhetes eram iguais entre si, mas diferentes das folhas dos ditados.

— Não compreendo. Os cadernos são iguais, vêm do mesmo fabricante. Mas, mesmo assim, se todas as folhas dos ditados eram diferentes das folhas dos bilhetes, como isso pode ter me incriminado? Não prova nada contra mim. Eu podia ter usado outro caderno.

— Não. Você mesmo me forneceu a prova contra você. E eu disse que isso ia acontecer. Menti para a Leonor inventando uma graça de Jesus e no final aconteceu mesmo. Amém. Não estou justificando a mentira, compreenda, mas as coisas são mais complexas do que a gente pensa.

— Que provas? Não me lembro de ter dado prova nenhuma.

— Aí é que entra a lupa. Os cadernos são todos iguais, feitos pelo mesmo fabricante, mas se a gente amplia as páginas através da lupa aparecem pequenas marcas, pontos que se repetem em um, e não nos outros. Nos bilhetes, em todos eles, há uma marca azulada no canto inferior esquerdo de todas as folhas. E como essa marca não aparece em nenhuma das quatro folhas do ditado, os bilhetes tinham vindo de um caderno diferente.

— O senhor só tinha as folhas dos bilhetes! Não podia confrontá-las com nenhuma outra. As folhas do ditado eram diferentes, e daí? Como descobriu que era eu? Nenhuma outra folha do caderno dos bilhetes chegou às suas mãos, a não ser a dos próprios bilhetes!

— Saiu, sim!

— Qual?

— Uma lista de grãos e legumes, frei Vasconcelos.

· 14 ·

*Desejo, que todos amem,
seja pobre, ou seja rico,
e se contentem com a sorte,
que têm, e estão possuindo.
Quero finalmente, que
todos, quantos têm ouvido,
pelas obras, que fizerem,
vão para o Céu direitinhos.*

Era absurdo, mas fazia sentido. Tudo se encaixava.

O aparecimento do segundo bilhete durante a reunião com Vera no escritório do seminário, por exemplo, não fora arte do demo, magia ou fruto da habilidade de um punguista, mas simplesmente resultado da presença no escritório do próprio autor dos bilhetes. O bilhete não tinha sido colocado na bolsa. Enquanto Vera e o reitor conversavam, frei Vasconcelos juntara ao antigo o bilhete que trazia contra ela no bolso da batina.

O frei afirmava não ouvir passos no andar de cima durante a noite porque era ele mesmo que caminhava.

E quem conheceria mais a obra de Gregório de Matos do que ele mesmo, um professor de Literatura, formado em Letras?

Quem faria com tanta rapidez o Relatório Gregório a não ser aquele que já soubesse quais eram os poemas originais?

Podia alguém explicar tão bem o que era o estilo barroco sem ter ele mesmo uma alma barroca?

Era um grande professor, que Deus estivesse sempre a seu lado no caminho do magistério.

Não haveria escândalo. Havia uma confissão por escrito, tudo seria explicado e convenientemente varrido para debaixo do tapete. A culpa recairia sobre um sujeito estranho mesmo, que usava três perucas e dormia sobre tábuas, contratado às pressas, pela internet, sem referências, o que tornava o episódio "compreensível" e "desculpável".

Não perderiam nenhum aluno. O próprio reitor assumiria o cargo de orientador espiritual e daria as aulas de Virtudes Teologais e Vida Pastoral. As de Língua Portuguesa virariam "revisão" e "leitura". Faltavam só dois meses para o encerramento do curso, dava para ir empurrando com a barriga. Vanessa voltara ao trabalho, como se nada tivesse acontecido. Nenhum seminarista sabia de nada. O responsável pela confusão estaria longe e ele, reitor, com sua retórica e o poder da Igreja, encerraria o assunto antes do meio-dia. Com um tipo de culpado esquisito como aquele não seria difícil reverter o estrago. O seminário estava salvo. Deus seja louvado.

Apesar de tudo, deram-se um forte abraço.

Frei Vasconcelos atravessou entre os arames farpados, padre Roque passou a mochila por cima da cerca e desejaram-se boa sorte.

Viu o ex-orientador espiritual afastar-se pela estrada de barro, ainda vestindo a batina preta, solitário, curvado como um urubu triste, desiludido até com o poder de voar, até sumir numa curva em meio à poeira de um caminhão de leite. Não pediu carona. O ser humano não havia nascido com rodas.

Estava cansado, não tinha dormido aquela noite, excitado pela descoberta e pelo café. Assistiu à partida do frei apoiado num mourão.

Assim que frei Vasconcelos passou para o outro lado da cerca e sumiu, o reitor sentiu que a paz havia voltado ao seu seminário.

* * *

Antes de atravessar a cerca de arame farpado, logo depois do abraço, o frei tinha tirado a chave que usava na corrente do pescoço e dado a ele, dizendo que a sua confissão estava dentro da caixa, embaixo da sua cama, no quarto do porão. O reitor voltou à sede da fazenda com a chave apertada na mão direita.

Ao entrar no quarto do frei teve de parar na porta.

O cheiro azedo do suor. O silêncio pesado.

Apenas silêncio não significa paz.

Ali vivera em silêncio uma alma sem paz, atormentada. Barroca. Só um homem afligido pelo sexo precisava dormir numa cama de tábua como aquela, sem colchão nem travesseiro. Por que justamente o frei tinha sido o mais incomodado pela presença de Vanessa a ponto de se ver obrigado a fazer alguma coisa contra aquele "pecado" ambulante? Um extremista. Um puritano com o inconsciente louco para pular a cerca. As religiões estavam cheias de gente assim.

Só uma alma indecisa entre o despojamento total e a vaidade podia usar três perucas de tamanhos diferentes.

Todos sabiam de sua caixa embaixo da cama, onde ele guardava o segredo que todos também sabiam: aquela maluquice das três perucas. Havia mania mais barroca do que usar três perucas iguais, mas de tamanhos diferentes, por não conseguir decidir entre ficar careca e usar uma peruca só?

Por que aquele homem não havia conversado com ele sobre Vanessa antes de escrever os bilhetes? O reitor era vivido, pragmático, teria compreendido a situação... De fato, Vanessa era um "pedaço de mau caminho", como se dizia em sua juventude. No seminário se procurava apenas o caminho "bom", e já era tão difícil sem Vanessa, sem nenhum pedaço "mau"... Ele, o reitor, teria sabido dizer isso para Vera e Leonor, com outras palavras, claro, mentindo, por que não, e tudo teria se resolvido na santa paz do Senhor e com a benção da Virgem Maria. Por que aquele homem, que era o mais rígido orientador espiritual que um seminário poderia ter, havia quase destruído tudo?

Em certas horas concordava com Platão: ninguém comete o mal voluntariamente. O mal sempre é fruto da ignorância. Então ninguém é culpado. Frei Vasconcelos achou que estava fazendo o bem. Era um ignorante da natureza humana. Mas ali, parado na porta, o reitor se sentiu cansado dos puristas. De que adiantava uma filosofia que não funcionava na realidade? Platão era um purista. Padre Roque preferia o pragmatismo de Aristóteles: o mal é um ato voluntário, sim, e quem o comete é culpado, ao menos culpado pela própria ignorância.

Os seres humanos quase nunca agem racionalmente. A razão é só uma pequena parte do todo. *Paixões* são muito mais importantes. A Mentira e a Competitividade eram as paixões do reitor; o seminário existia por causa delas e que tudo o mais se danasse! O Eneagrama estava certo. O que ele achava que se encaixava em Alan era na verdade o perfil de frei Vasconcelos: Justiça, Verdade, Vingança, Ser Respeitado. Mas lá no fundo, fazendo de tudo para ser reprimida, dormindo numa porcaria de cama como aquela, não querendo nem andar em cima de rodas, recusando todos os prazeres da carne, lá estava a Paixão subterrânea, inconsciente, da Luxúria.

Ajoelhou-se, puxou a caixa e a colocou sobre a cama. Uma pequena frasqueira de papelão muito grosso, encardida e empoeirada. Abriu.

Teve de sorrir. O frei pelo menos estava tentando achar um equilíbrio. Ali estavam as duas perucas, a mais curta e a mais comprida.

Havia também três bilhetes.

Um longo, confessando tudo, muito bem escrito, sincero e lúcido, pedindo desculpa a todos os envolvidos. Bem hipócrita, claro, e padre Roque abençoou o frei por aquela contribuição ao seminário. Serviria perfeitamente para encerrar o assunto e deixar todos satisfeitos.

O segundo bilhete era para o reitor. Frei Vasconcelos revelava ter tido raiva dele em vários momentos. Ao não concordar com "os meios justificarem os fins", achou-o hipócrita como os outros e quis espalhar um e-mail contra ele. No último segundo se arrependeu e não fez isso. Gostava profundamente do reitor e sentia verdade em suas intenções. Não divulgou o texto.

Mas o rascunho estava ali, bem dobrado, no fundo da caixa, numa folha do mesmo caderno dos outros bilhetes e da lista de grãos e legumes que havia chegado do supermercado na véspera. Trechos de um poema de Gregório de Matos:

Toda a ferida se ajunta:
porém esta, que se afasta,
é ferida de má casta,
que mesmo se desconjunta:

Para se poder curar,
hão de se as pernas abrir:

começando a dividir
como se pode soldar?

Há feridas do diabo,
e de si muito nojentas,
porém as mais fedorentas
são, as que estão junto ao rabo.

GM

A mentira de padre Roque. A que ele achava que ninguém desconfiava.

A verdadeira razão de não se sentar nunca, que ele alegava ser disposição para o trabalho e havia transformado em lenda, em qualidade, em espiritualidade.

Suas malditas hemorroidas.

Relatório Gregório

Primeiro bilhete para Vanessa (p. 14)

A HUMA DAMA QUE SE DESVIAVA DE LHE FALAR.

MOTE
Busco, a quem achar não posso.

Amo sem poder falar,
morro, porque quero bem,
o calar morto me tem,
quero, mas quero calar:
porque enfim hei de penar
sendo toda a vida vosso,
pois por mais que me alvoroço
largando as velas à fé,
morro, meu amor, porque
Busco, a quem achar não posso.

TORNA O POETA A INSTAR SEGUNDA VEZ SEM SE AFASTAR DO
SEU ENCARECIMENTO.

Maricas, quando te eu vi,
tanto a minha alma roubastes,
que não sei, se me acabastes,

ou se eu fui, que me perdi:
porém sempre presumi,
que este amor, que há entre nós,
causa pena tão atroz,
que a mim no fim me tem posto,
porque nada me dá gosto
quando me vejo sem vós.

RECOLHIDO O POETA A SUA CASA ASSASMENTE NAMORADO
DO QUE HAVIA VISTO: NÃO PÓDE SOCEGAR SEU AMANTE GE-
NIO, QUE LHE NÃO MANDASSE NO OUTRO DIA ESTE ENCARE-
CIMENTO DE SEU AMOR.

Ontem quando te vi, meu doce emprego,
Tão perdido fiquei por ti, meu bem,
Que parece, este amor nasce, de quem
Por amar-te já vive sem sossego,

Essa luz de teus olhos me tem cego,
E tão cego, Senhora, eles me têm,
Que é fineza o adorar-te, e assim convém,
A ti, ó rica prenda, o desapego.

Eu buscar-te, meu bem, isso é fineza.
Tu deixares de amar-me é desfavor,
Eu amar-te com fé, isso é firmeza.
Tu ausente de mim, vê, que é rigor,
Nota pois, que farei, rica beleza,
Quando amar-te desejo com primor.

Segundo bilhete para Vanessa (p. 14-15)

HUMA GRACIOSA MULATA FILHA DE OUTRA CHAMADA MARI-
COTTA COM QUEM O POETA SE TINHA DIVERTIDO, E CHAMA-
VA AO FILHO DO POETA SEU MARIDO.

1   Por vida do meu Gonçalo
Custódia formosa, e linda,
que eu não vi Mulata ainda,
que me desse tanto abalo:
[...]

3   Estou para me enforcar,
Custódia, desesperado,
e o não tenho executado,
porque isso é morrer no ar:
quem tanto vos chega amar,
que quer por mais estranheza
obrar a maior fineza
de morrer, porque a confirme,
morra-se na terra firme,
se quer morrer com firmeza.

[...]

INCLINAVA-SE BRITES A HUM SUGEYTO DE MAIS ESPERANÇAS, QUE MERITOS, E EM SUA COMPETENCIA CONTINUA O POETA ESTE GALANTEYO.

[...]

Eu me vejo, e me desejo
com penas, que me causais,
se me vedes, me matais,
e morro, se vos não vejo.

Dai remédio à minha flama,
mais que seja com matar-me:
porque se eu quis namorar-me,
só a morte cura, a quem ama.

[...]

Vejo a casa tão somente,
porque achais, que é justo, que

quem a pérola não vê,
vendo a concha se contente.

[...]

FOY ESTA DAMA VISTA DO POETA EM CERTA MANHÃ A SUA
JANELLA, E ELLE LHE DÀ OS BONS DIAS COM ESTE GRACIOS-
SISSIMO ROMANCE.

[...]
E já que nesta cegueira
tua beleza me tem,
ou me corresponde amante,
ou me acaba de uma vez.
[...]
E pois no mar de meus olhos
perigos receia a fé,
manda-me, por não perder-te,
uma carta desta vez.
Dá-me velas à esperança,
com elas marearei,
já que o fogo da vontade
sempre está firme a teus pés.

Terceiro bilhete para Vanessa (p. 15)

ENTRE OS SERVENTES, QUE NAQUELLA CASA ASSISTIRAM, SE
NAMOROU O POETA DE CATONA COM TODAS AS VERAS, AGO-
RA, QUE A VIO DEDILHANDO RENDAS.

[...]

2   Tendes-me tão prisioneiro,
Catona, em tal embaraço
que por um vosso pedaço
me darei em todo inteiro:

[...]
que me tome por cativo,
por vos estar sempre vendo.

3   A vossa cara me agrada,
o vosso rir me enfeitiça,
essa vossa anca me enguiça,
[...]

INSISTE O POETA A QUERER SER AMADO DE IGNACIA.

1   [...]
na malha de vossas redes
quis eu minha alma enredar
por vos servir, e adorar:
mas vós, sem que o Amor me valha,
mesmo me rompeis a malha,
a fim de me não pescar.

2   Não vos rende o meu carinho,
porque em vossa estimação
sou já peixe sabichão,
e vós me quereis peixinho:
se com todo o meu alinho
vos não mereço o favor,
que importa o vosso rigor,
se se sabe, e vós o vedes,
que quero nessas Paredes
fundar um templo de Amor.

3   Quando as paredes juntemos
a vossa, que é frontal,
co'a minha de pedra e cal,
uma grande obra faremos:
a Amor a dedicaremos,
[...]

Quarto bilhete para Vanessa (p. 15-16)

CONTINUA EM GALANTEAR AQUELLA MARIQUITA FILHA DA ZABELONA, QUE JA ADIANTE DICEMOS.

> Quita, São Pedro me leve,
> se eu me não morro por vós,
> e por ser da vossa boca
> um perpétuo Pica-flor.
> [...]
> Mal me vai co'a vossa boca,
> cos dentes inda pior,
> pois dos dentes para dentro
> nunca este amor vos entrou.
> [...]

Quinto bilhete para Vanessa (p. 16)

DEFINIÇÃO DO AMOR.

> [...]
> O Amor é finalmente
> um embaraço de pernas,
> uma união de barrigas,
> um breve tremor de artérias.
> Uma confusão de bocas
> uma batalha de veias,
> um rebuliço de ancas,
> quem diz outra coisa, é besta.

Primeiro bilhete para Leonor (p. 34)

A MESMA MARIA VIEGAS SACODE AGORA O POETA ESTRAVA-GANTEMENTE, PORQUE SE ESPEYDORRAVA MUYTO.

1   Dizem, que vosso cu, Cota,
    assopra sem zombaria,
    que parece artilharia,
    quando vem chegando a frota:
    parece, que está de aposta
    este cu a peidos dar,
    porque jamais sem parar
    este grão-cu de enche-mão
    sem pederneira, ou murrão
    está sempre a disparar.

2   De Cota o seu arcabuz
    apontado sempre está,
    que entre noite, e dia dá
    mais de quinhentos truz-truz:
    não achareis muitos cus
    tão prontos em peidos dar.
    porque jamais sem parar
    faz tão grande bateria,
    que de noite, nem de dia
    pode tal cu descansar.
    [...]

PASSANDO DOUS FRADES FRANSCISCANOS PELA PORTA DE
AGUEDA PEDINDO ESMOLLA, DEO ELA UM PEYDO, E RESPON-
DEO HUM DELLES ESTAS PALAVRAS "IRRA, PARA TUA THIA."

    [...]

3   Basta, que se escandaliza
    do meu cu, porque se caga?
    Venha cá, boca de praga,
    que cousa mais mortaliza?
    o peido, que penaliza,
    é sorrateiro, e calado:
    o peido há de ser falado,
    ou ao menos estrondoso,

porque aquele, que é fanhoso,
é peido desconsolado.

4   Quantas vezes, Frei Remendo,
     dará co meio do cu,
     peido tão rasgado, e cru,
     que lhe fique o rabo ardendo?
     [...]

PINTURA GRACIOSA DE HUMA DAMA CORCOVADA.

     [...]

5   A vossa corcova rara
     deixe o peito livre, e cru,
     ou crerei, que é vosso cu
     parecido à vossa cara:
     e se acaso vos enfara
     dar-vos por tão verdadeira
     esta semelhante asneira,
     por mais que vos descontente,
     hei de crer, que é vossa frente
     irmã da vossa traseira.
     [...]

ANATOMIA HORROROSA QUE FAZ DE HUMA NEGRA CHAMA-DA MARIA VIEGAS.

     Dize-me Maria Viegas
     qual é a causa, que te move,
     a quereres, que te prove
     todo home, a quem te entregas?
     jamais a ninguém te negas,
     tendo um vaso vaganau,
     e sobretudo tão mau,
     que afirma toda a pessoa,
     que o fornicou já, que enjoa,
     por feder a bacalhau.
     [...]

Sexto bilhete para Vanessa (p. 51)

À MESMA MULATA MANDANDO AO POETA UM PASSARINHO.

[...]

3   És galharda Mariquita
desvelo dos meus sentidos,
pois em continos gemidos
vivo por lograr tal dita:
meu coração me palpita,
quando te vejo passar
com tal garbo, e com tal ar,
que deixas-me alma perdida,
e se me pode dar vida,
porque me queres matar?

4   Minha rica Mulatinha
desvelo, e cuidado meu,
eu já fora todo teu,
e tu foras toda minha:
juro-te, minha vidinha,
se acaso minha qués ser,
que todo me hei de acender
em ser seu amante fino
pois por ti já perco o tino,
e ando para morrer.

TERCEYRA VEZ ACOMETTE AQUELLA EMPREZA QUEYXANDO-SE
CONTRA MARIQUITA POR SE FINGIR DOENTE.

[...]
quem não sofre, nada alcança,
hei de ir ver se acho bonança
no vosso mar alterado,
e perderei o esperado,
mas não perco a esperança.

4   Que vou a festas lograr
crerá todo o Sítio inteiro,
e eu vou ao vosso poleiro,
não mais que por vos galar:
[...]

Sétimo bilhete para Vanessa (p. 86-87)

REMETTE AGORA OS SEUS CUYDADOS À MULATA LUZIA, QUE TAMBÉM EMBARAÇADA E DUVIDOSA SE OFFENDERIA, OU NÃO À SEU AMANTE, SEMPRE SE DESCULPAVA.

[...]

3   Se a todos cinco sentidos
não tendes cousa, que dar,
dai ao de ver, e apalpar,
os dous sejam preferidos:
não deis que ouvir aos ouvidos,
mas dai aos olhos, que ver,
ao tato, em que se entreter,
deitemos a bom partir
os dous sentidos a rir,
e os demais a padecer.

4   As mãos folgam de apalpar,
os olhos folgam de ver,
os dous logrem seu prazer,
os três sintam seu pesar:
que depois que isso lograr
virá o mais por seu pé,
que inda que ninguém mo dê,
nem eu o tome a ninguém
morrerá vosso desdém
à força da minha fé.

[...]

BUSCANDO POR OUTRA PARTE O REMEDIO PARA SEU MAL, SE
DESCULPARAM OUTRAS COM O MESMO ACHAQUE.

[...]

3   O sangue em bom português
com letras bem rubricadas
depois de muitas penadas
põe na fralda "aqui foi mês":
[...]

QUEYXA-SE FINALMENTE DE ACHAR TODAS AS DAMAS MENS-
TRUADAS.

[...]
Ai, meu Senhor da minha alma
nada pode hoje fazer-se
dei a palavra ontem de tarde,
e à noite me veio ele.
Quem é ele? perguntei;
faz você, que não me entende?
disse ela; quem há de ser?
o hóspede impertinente.
Um hóspede, que nas luas
me visita, e me acomete
com tal fúria, que me põe
de sangue um rio corrente.
[...]
Que contrato fez a lua
de arrendamento às mulheres,
para lhe estarem pagando
a pensão todos os meses?
[...]
Vicência, discreta sois,
mas não sei, se me entendestes,
para uma vida tão curta
duram muito os vossos meses.

Segundo bilhete para Leonor (p. 96)

ESTA SATYRA DIZEM QUE FEZ CERTA PESSOA DE AUCTORIDA-
DE AO POETA, PELO TER SATYRIZADO, COMO FICA DITO, E A
PUBLICOU EM NOME DO VIGARIO LOURENÇO RIBEYRO.

[...]

18   Boca, que males há feito,
      bem é, que males se faça,
      boca, que para mordaça
      só parece, que tem jeito:
      eu se isto tomar a peito,
      juro a Deus onipotente,
      não lhe deixar um só dente,
      pois que morde, e diz a quem:
      mas não o saiba ninguém.

ANATOMIA HORROROSA QUE FAZ DE HUMA NEGRA CHAMA-
DA MARIA VIEGAS.

[...]

7   Diz mais, que quando acabaste,
     deste peidos tão atrozes,
     que começou a dar vozes
     por ver, que te espeidorraste:
     [...]

E-mail para o prefeito e para Adolfo Bergamin (p. 98-101)

QUEYXA-SE A BAHIA POR SEU BASTANTE PROCURADOR,
CONFESSANDO, QUE AS CULPAS, QUE LHE INCREPÃO, NÃO
SÃO SUAS, MAS SIM DOS VICIOSOS MORADORES, QUE EM SI
ALVERGA.

Já que me põem a tormento
murmuradores nocivos,
carregando sobre mim
suas culpas, e delitos:
Por crédito de meu nome,
e não por temer castigo
confessar quero os pecados,
que faço, e que patrocino.
E se alguém tiver a mal
descobrir este sigilo,
não me infame, que eu serei
pedra em poço, ou seixo em rio.
Sabei, céu, sabei, estrelas,
escutai, flores, e lírios,
montes, serras, peixes, aves,
luz, sol, mortos, e vivos:
Que não há, nem pode haver
desde o Sul ao Norte frio
cidade com mais maldades,
nem província com mais vícios:
[...]
Quantos com pele de ovelha
são lobos enfurecidos,
ladrões, falsos, e aleivosos,
embusteiros, e assassinos!
[...]
Ó velhacos insolentes,
ingratos, mal procedidos,
se eu sou essa, que dizeis,
porque não largais meu sítio?
[...]
que razão tendes agora
de difamar-me atrevidos?
Meus males, de quem procedem?
não é de vós? claro é isso:
que eu não faço mal a nada
por ser terra, e mato arisco.
Se me lançais má semente,
como quereis fruito limpo?
[...]

Por cuja causa meus campos
produziam pomos lindos,
de que ainda se conservam
alguns remotos indícios.
Mas depois que vós viestes
carregados como ouriços
de sementes invejosas,
e legumes de maus vícios:
Logo declinei convosco,
e tal volta tenho tido,
que, o que produzia rosas,
hoje só produz espinhos.
[...]
Cada um por suas obras
conhecerá, que meu xingo
[...]

Preceito 1

[...]
A muitos ouço gemer
com pesar muito excessivo,
não pelo horror do pecado,
mas sim por não consegui-lo.

Preceito 2

[...]
Dizem, que falam a verdade,
mas eu pelo que imagino,
nenhum, creio, que a conhece,
nem sabe seus aforismos.
Até nos confessionários
se justificam mentindo
com pretextos enganosos,
e com rodeios fingidos.
Também aqueles, a quem
dão cargos, e dão ofícios,
suponho, que juram falso

por consequências, que hei visto.
Prometem guardar direito,
mas nenhum segue este fio,
e por seus rodeios tortos,
são confusos labirintos.
[...]

Preceito 3

[...]
Porém tudo é mero engano,
porque se alguns escolhidos
ouvem missa, é perturbados
desses, que vão por ser vistos.
[...]
Entra um destes pela Igreja,
sabe Deus com que sentido,
e faz um sinal da cruz
contrário ao do catecismo.
Logo se põe de joelhos,
não como servo rendido,
mas em forma de besteiro
cum pé no chão, outro erguido.
Para os altares não olha,
nem para os Santos no nicho,
mas para quantas pessoas
vão entrando, e vão saindo.
[...]
As tardes passam nos jogos,
ou no campo divertidos
em murmurar dos governos,
dando Leis, e dando arbítrios.
[...]

Preceito 4

[...]
E quando chega a apertá-los
o tribunal dos resíduos,

ou mostram quitações falsas,
ou movem pleitos renhidos.
[...]

Preceito 5

[...]
Faltar não quero à verdade
nem dar ao mentir ouvidos
o de César dê-se a César,
o de Deus a Jesus Cristo.
[...]
porque debaixo deste ouro
tem as fezes escondido.
[...]
Se debaixo desta paz,
deste amor falso, e fingido
há fezes tão venenosas,
que o ouro é chumbo mofino
É o amor um mortal ódio,
sendo todo o incentivo
a cobiça do dinheiro,
ou a inveja dos ofícios.
Todos pecam no desejo
de querer ver seus patrícios
ou da pobreza arrastados,
ou do crédito abatidos.
E sem outra cousa mais
se dão a destro, e sinistro
pela honra, e pela fama
golpes cruéis, e infinitos.
Nem ao sagrado perdoam,
[...]
A todos enfim dão golpes
de enredos, e mexericos
tão cruéis, e tão nefandos,
que os despedaçam em cisco.
[...]

mas pelas línguas não há
leões mais enfurecidos.
E destes valentes fracos
nasce todo o meu martírio;
digam todos, os que me ouvem,
se falo a verdade, ou minto.

Preceito 6

[...]
Não posso dizer, quais são
por seu número infinito,
mas só digo, que são mais
do que as formigas, que crio.
[...]

Preceito 8

[...]
Mas como dos tribunais
proveito nenhum se há visto,
a mentira está na terra,
a verdade vai fugindo.
[...]

ÀS DUAS MULATAS PREZAS FINGE O POETA, QUE VISITA NES-
TES DOUS SONETOS INTERLOCUTORES. FALLA COM A MAY.

Perg.   [...]
      Por que estais aqui presa, Dona Paio?
Resp.   Dizem, que por furtar um Papagaio:
      [...]

Resp.   Irei, que todo o preso é paciente;
      Porém se hoje furtei cousa, que fala,
      Amanhã furtarei secretamente.

PREZO FINALMENTE O NOSSO POETA PELOS MOTIVOS QUE JA DICEMOS EM SUA VIDA, E CONDENADO A IR DEGREDADO PARA ANGOLA, POR ORDEM DE D. JOÃO D'ALENCASTRE GOVERNADOR ENTÃO DESTE ESTADO: PONDERA, QUAM ADVERSO HE O BRAZIL SUA INGRATA PATRIA AOS HOMENS BENEMERITOS; E COM DEAFOGO DE UM HOMEM FORTE GRACEJA HUM POUCO AS MULATAS MERETRIZES.

Não sei, para que é nascer
neste Brasil empestado
[...]
Terra tão grosseira, e crassa,
que a ninguém se tem respeito,
[...]
Aqui o cão arranha o gato,
não por ser mais valentão,
mas porque sempre a um cão
outros acodem.
[...]

TORNA A DEFINIR O POETA OS MAOS MODOS DE OBRAR NA GOVERNANÇA DA BAHIA, PRINCIPALMENTE NAQUELA UNIVERSAL FOME, QUE PADECIA A CIDADE.

1   Que falta nesta cidade? .... Verdade
     Que mais por sua desonra .... Honra
     Falta mais que se lhe ponha .... Vergonha.

     [...]
     Quem causa tal perdição? .... Ambição
     E o maior desta loucura? .... Usura.
     [...]

A DESPEDIDA DO MAO GOVERNO QUE FEZ ESTE GOVERNADOR.

Senhor Antão de Sousa Meneses,
Quem sobe a alto lugar, que não merece,

Homem sobe, asno vai, burro parece,
Que o subir é desgraça muitas vezes.

[...]

CONTEMPLANDO NAS COUSAS DO MUNDO DESDE O SEU RE-
TIRO, LHE ATIRA COM O SEU APAGE, COMO QUEM A NADO
ESCAPOU DA TROMENTA.

Neste mundo é mais rico, o que mais rapa:
Quem mais limpo se faz, tem mais carepa:
Com sua língua ao nobre o vil decepa:
O Velhaco maior sempre tem capa.

Mostra o patife da nobreza o mapa:
Quem tem mão de agarrar, ligeiro trepa:
Quem menos falar pode, mais increpa:
Quem dinheiro tiver, pode ser Papa.

A flor baixa se inculca por Tulipa;
Bengala hoje na mão, ontem garlopa:
Mais isento se mostra, o que mais chupa.

Para a tropa do trapo vazo a tripa,
E mais não digo, porque a Musa topa
Em apa, epa, ipa, opa, upa.

LAMENTA O POETA O TRISTE PARADEYRO DA SUA FORTUNA
DESCREVENDO AS MIZERIAS DO REYNO DE ANGOLLA PARA
ONDE Ò DESTERRARAM.

Nesta turbulenta terra
armazém de pena, e dor,
confusa mais do temor,
            inferno em vida.

Terra de gente oprimida,
monturo de Portugal,

para onde purga seu mal,
       e sua escória:
Onde se tem por vanglória
o furto, a malignidade,
a mentira, a falsidade,
       e o interesse:

[...]

AO GOVERNADOR D. JOÃO D'ALENCASTRE QUANDO MANDOU
PRENDER AO AUCTOR PARA O DEGRADAR POR TER CHEGADO
DISFARÇADO DE LISBOA EM HUMA NAO DE GUERRA O FILHO
DE ANTONIO LUIZ D'A CAMARA COUTINHO COM INTENTO DE Ó
MATAR PELAS SATYRAS, QUE FEZ A SEU PAY: O QUE CONHECIDO
PELO GOVERNADOR D. JOÃO D'ALENCASTRE, LHE QUIS SEGU-
RAR A VIDA COM O PRETEXTO DE DEGREDO PARA ANGOLLA. O
QUE O AUCTOR NESTA OBRA QUER NEGAR DESCULPANDO-SE.

    [...]
2   Já não há bem, e conheço
    que neste presente abalo
    padeço mais, do que calo,
    calo mais, do que padeço:
    porém, Senhor, se eu mereço
    nos dous extremos votar,
    se qualquer me há de ultrajar,
    tenho a melhor padecer,
    antes falar, e morrer,
    Que padecer, e calar.
    [...]

Bilhete para dona Vera (p. 111-112)

EXPOEM ESTA DOUTRINA COM MIUDEZA, E ENTENDIMENTO
CLARO, E SE RESOLVE A SEGUIR SEU ANTIGO DICTAME.

[...]

8   Eia, estamos na Bahia,
    onde agrada a adulação,
    onde a verdade é baldão,
    e a virtude hipocrisia:
    [...]

11 [...]
    estou fábula de Esopo
    vendo falar animais,
    [...]

DEFENDE O POETA POR SEGURO, NECESSARIO, E RECTO SEU
PRIMEYRO INTENTO SOBRE SATYRIZAR OS VICIOS.

Eu sou aquele, que os passados anos
cantei na minha lira maldizente
torpezas do Brasil, vícios, e enganos.
[...]
De que pode servir calar, quem cala,
Nunca se há de falar, o que se sente?
Sempre se há de sentir, o que se fala!
Qual homem pode haver tão paciente,
Que vendo o triste estado da Bahia,
Não chore, não suspire, e não lamente?

Isto faz a discreta fantesia:
Discorre em um, e outro desconcerto,
Condena o roubo, e increpa a hipocrisia.
[...]
A ignorância dos homens destas eras
Sisudos faz ser uns, outros prudentes,
Que a mudez canoniza bestas feras.

Há bons, por não poder ser insolentes,
Outros há comedidos de medrosos,
Não mordem outros não, por não ter dentes.

Quantos há, que os telhados têm vidrosos,
E deixam de atirar sua pedrada
De sua mesma telha receosos.
[...]
Todos somos ruins, todos preversos,
Só nos distingue o vício, e a virtude,
De que uns são comensais, outros adversos.

TORNA O POETA A DAR OUTRA VOLTA AO MUNDO COM ESTA
SEGUNDA CRISI.

[...]

27 Que andam muitos em conjuro
    para cometerem vícios,
    roubando nos seus ofícios,
    e com cartas de seguro,
    [...]

28 Mas que andem muito espertos
    esganados como galgos,
    por parecerem fidalgos,
    sendo ladrões encobertos:
    [...]

48 Mas que outros mil à porfia
    por toda a vida o dinheiro
    ajuntem, que o seu herdeiro
    há de gastar num só dia:
    [...]

50 Mas que outros (como se vê)
    sejam com hipocrisia
    só cristãos por cortesia,
    ou fiéis de meia fé:
    [...]

51 Que alguns fantásticos vãos,
    aos quais o vício consome,
    sendo só cristãos no nome,
    queiram nome de cristãos:
    que aos céus levantando as mãos
    esperam com muita fé,
    que Deus os salve, sem que
    obra tenham meritória!
    Boa história.

52 Mas que hipócritas sandeus
    andem rezando, e no cabo
    a todos leve o diabo
    pelo caminho de Deus:
    [...]

58 Mas que outros com muita lida
    edifiquem mausoléus,
    mas não morada nos céus,
    vãos na morte, e vãos na vida:
    que a soberba sem medida
    fique em pedras estampada,
    e a pobre da alma coitada
    que perneie na fogueira!
    Boa asneira.
    [...]

65 Que haja muitos, que se pintam
    de verdadeira piedade,
    os quais falando a verdade,
    nunca falam, que não mintam:
    que estes mesmos não consintam,
    que os enganem, mas primeiros
    se intitulam verdadeiros
    com mentira defensória!
    Boa história.

66 Mas que tenham fatal ira,
    se os apanham, tendo pronta
    a verdade por afronta,
    e por crédito a mentira:
    que com raiva, que delira,
    façam na razão teimosa
    a verdade mentirosa,
    e a mentira verdadeira!
    Boa asneira.

Outros olhares sobre a obra de Gregório de Matos

Agora padre Roque pode respirar tranquilamente: o responsável pelos bilhetes inspirados nos versos de Gregório de Matos confessou tudo e o seu tão querido seminário foi salvo. Mas, afinal, quem foi esse poeta que até hoje escandaliza com sua obra? Nas páginas a seguir, você vai conhecer um pouco mais da história dele.

A invenção de um poeta

Ler e dialogar com a obra de um poeta que viveu e escreveu há quase quatrocentos anos não é algo fácil — é preciso que nós, leitores do século XXI, nos distanciemos de nossos conceitos, hábitos, modos de sociabilidade, de nossa escrita e fruição da literatura. Para nos aproximarmos de Gregório de Matos, é preciso deixar para trás o conforto da leitura silenciosa, a sedução das livrarias e até mesmo a figura do "autor".

Como? Deixar para trás o "autor"? E por que as aspas? Não que Gregório de Matos não tenha existido. Há registros históricos que provam sua existência, porém uma névoa circunda sua biografia: poucos dos fatos atribuídos a ela são comprováveis. E, na necessidade moderna de lermos, nos versos de um poeta, as experiências reais que o motivaram a escrevê-los, a lenda mistura-se à história, e cria-se o personagem de um poeta baiano crítico, irreverente, apaixonado, libertino, mas também contrito e crente da misericórdia divina.

Além da nebulosa biografia, também temos o problema da autoria. Como definir quais textos foram efetivamente escritos por Matos se seus versos correram a Cidade da Bahia e Recife em manuscritos ou, literalmente, na boca do povo? Como definir uma obra se o próprio autor só foi propriamente editado décadas depois de sua morte? E como avaliar o que é próprio em um autor que se insere em um contexto no qual a produção literária era pautada pela convenção, e não pela invenção, pela retórica, e não pela originalidade?

"Ah, esses autores barrocos, confusos...", você deve estar pensando. Mas nada que um pouco mais de conversa não esclareça.

Controvérsias biográficas

Descendente de família ilustre, católica e muito rica, Gregório de Matos Guerra, filho de Gregório de Matos e Maria da Guerra, nasceu e viveu parte de sua vida na Cidade da Bahia de Todos-os-Santos (atual Salvador), então capital da América portuguesa, em meados do século XVII.

Não há certidão de nascimento; há, sim, controvérsias. Teria ele nascido no ano de 1623 ou 1633? Este último é citado pelo primeiro "biógrafo" e "editor" do poeta, o licenciado Manuel Pereira Rabelo, que organizou a primeira compilação dos poemas de Gregório de Matos. Entretanto, Segismundo Spina, professor da Universidade de São Paulo (USP), apresenta como data mais provável o ano de 1623, já que consta que o poeta faleceu em 1696, com 73 anos de idade.[1] Entretanto, os registros de seu ingresso na Universidade de Coimbra

datam do ano de 1652-1653, o que sugere que, caso tenha nascido em 1623, teria se matriculado quando tinha entre 29 e 30 anos, o que, além de ser incomum na época (em que adolescentes abastados ingressavam nas universidades europeias quando tinham entre 16 e 18 anos), representa uma interrupção de dez anos na vida escolar do autor, que terminou seus estudos secundários, no Colégio dos Jesuítas da Bahia, aproximadamente aos 18 anos.

Seja em 1623, seja em 1633 a data de seu nascimento, Gregório de Matos teve uma educação jesuítica, o que significou, ao mesmo tempo, uma rigorosa disciplina e uma formação humanística. Alguns estudiosos de sua obra sugerem que a repressão do colégio jesuíta teria incitado sua repulsa ao clero, manifestada em tantas sátiras escritas posteriormente.

Entre Portugal e Brasil

Como boa parte dos rapazes endinheirados da colônia, Gregório de Matos foi enviado a Portugal, à famosa Universidade de Coimbra, para estudar Leis. Alguns afirmam que foi aluno brilhante; outros, que foi um boêmio. Consta que a fama de seu engenho e de suas sátiras

---

1. SPINA, Segismundo. *A poesia de Gregório de Matos*. São Paulo: Edusp, 1995. p. 17-18.

começa a se espalhar já neste período.

Jurista formado, regressou ao Brasil. Em 1668, de volta a Portugal, foi nomeado curador de órgãos e juiz de crimes de uma comarca próxima a Lisboa e de um dos arredores da capital. Nesse ínterim, exerceu também funções de advogado.

Em 1681, voltou ao Brasil, onde dom Gaspar Barata, arcebispo da Bahia, concedeu-lhe os cargos religioso-administrativos de vigário-geral e tesoureiro-mor. Logo foi exonerado, fato explicado por hipóteses diversas: por sua natureza não se adaptar à batina ou pela antipatia do então governador Antônio de Sousa Menezes, vítima de suas sátiras. O poeta tampouco poupou o sucessor de Menezes, Antônio da Câmara Coutinho, com seus versos impiedosos, ridicularizando-o inúmeras vezes pelo tamanho e pela forma de seu nariz.

Sátira e exílio

Diz a tradição que, por incomodar as autoridades com suas sátiras, Gregório de Matos foi proibido de viver na Cidade da Bahia e mudou-se para o Recôncavo Baiano, onde teria sido acolhido por amigos influentes. Nessa fase, escreveu muitos poemas líricos e eróticos (atribuídos ao contato com mucamas e mulatas dos engenhos onde se teria hospedado) e casou-se com dona Maria dos Povos, com quem teve um filho, Gonçalo.

Perseguido pelo filho de Antônio da Câmara Coutinho, Gregório de Matos foi exilado da colônia. Viveu alguns anos em Angola, onde consta que se dedicou à advocacia e quase abandonou a poesia. Por ter agido a favor de dom Henrique Jaques, impedindo uma conspiração contra o então governador do reino de Angola, ob-

A antiga capital da América portuguesa, Cidade da Bahia de Todos-os-Santos (atual Salvador), entre 1695 e 1698.

teve da Coroa portuguesa a autorização para retornar ao Brasil, mas para viver em Pernambuco: à Bahia, não voltaria mais.

Em Recife, que ainda sentia os efeitos das Invasões Holandesas, viveu seus últimos dias, com o conforto proporcionado pelo capitão-mor dom Caetano de Melo, que lhe deu dinheiro, mas o proibiu de fazer sátiras. Dedicou-se, então, a poemas descritivos da capital e outros recantos da capitania de Pernambuco, onde veio a falecer, em 1696 — segundo dizem, reconciliado com a Igreja.

Invenção na convenção

Os fatos que se referem à vida de Matos atestam que seus versos satíricos, dirigidos indistintamente a todos os grupos sociais da Bahia (ao clero, aos governadores, aos ricos comerciantes, ao negros, às prostitutas, etc.), incomodaram sobretudo as autoridades. Mas tais fatos não comprovam que o poeta se preocupava em atacá-las com a intenção de transformar o *statu quo*, ou seja, que foi um revolucionário. Essa é uma leitura anacrônica, a-histórica, de Gregório de Matos e do sistema de convenções literárias no qual ele estava inserido.

Por isso é preciso que abandonemos um pouco nossos conceitos do século XXI para enxergar Matos como um homem do século XVII. Como nos situamos, artística e literariamente, em um momento posterior ao romantismo, os pressupostos dessa estética muitas vezes dominam nossa avaliação de escritores que a precedem. Não podemos nos esquecer de que, se a partir da estética romântica há uma ligação estreita entre a experiência vivida e a criação literária, em uma espécie de sinceridade poética (no sentido de o poeta utilizar a poesia para expressar ideias e sentimentos que realmente tem), isso não ocorre no barroco, que, segundo João Adolfo Hansen, também professor da USP, se define como estilo.

A poesia barroca do século XVII é um estilo, no sentido forte do termo, linguagem estereotipada de lugares-comuns retórico-poéticos anônimos e repartidos em gêneros e subestilos. [...] Ao poeta barroco, nada repugna mais que a inovação, sendo a sua invenção antes uma arte combinatória de elementos coletivizados que, propriamente, expressão "original", representação naturalista do "contexto", ruptura estética com a tradição, etc. Entre tais ele-

mentos, a obscenidade está prevista em um sistema de tópicas, articulando-se retórica e politicamente nos poemas segundo temas e recepção. [2]

Em sua leitura de Gregório de Matos, Hansen chama a atenção para o fato de a produção do poeta, barroca, conter uma combinação de "elementos coletivizados", de "lugares-comuns", ou seja, temas que, longe de refletir um estado individual, pertencem a uma tradição compartilhada por poetas e leitores da época. Portanto, a escolha de temas, no exercício poético, não estaria à mercê das experiências do poeta ou dos acontecimentos que presencia. Escrever poemas religiosos, amorosos, filosóficos ou obscenos, então, faz parte de um repertório de temas que integram a "retórica anônima" — não de um autor específico.

Não escapou totalmente à crítica a percepção de temas e estruturas que se repetem entre diferentes autores na poesia anterior ao romantismo. Tanto que alguns estudiosos perceberam tamanha semelhança entre versos de Luis de Góngora y Argote, poeta espanhol, e os de Gregório de Matos, que acusaram este de plágio. Ora, pelas mesmas razões que não podemos falar em invenção, no sentido de originalidade, não podemos falar de seu extremo oposto, o plágio. Além de relacionar-se, literalmente, à cópia, esse conceito se relaciona ao de propriedade intelectual, que não fazia parte do universo da literatura antes do século XIX. Era muito comum que autores imitassem outros, até mesmo como emulação, isto é, uma forma de homenagear poetas e atestar sua influência sobre os demais.

Não estamos afirmando que, por seguir os lugares-comuns da retórica e da poética do século XVII, Gregório de Matos era um autor inexpressivo. Ao contrário: se, mesmo seguindo as convenções estruturais e temáticas da época, o autor se destacou entre os seus pares, a ponto de ser lembrado pela posteridade, é sinal de que ele conseguiu deixar sua marca e fazer uma poesia de valor.

Influências europeias

Falemos, pois, da obra de Gregório de Matos, sem ignorar a visão de mundo e de literatura do século XVII, em que ele viveu, nem as influências que recebeu de outros autores, ante-

---

2. HANSEN, João Adolfo. *A sátira e o engenho: Gregório de Matos e a Bahia do século XVII.* São Paulo: Companhia das Letras/Secretaria de Estado da Cultura, 1989. p. 16.

riores ou do seu tempo. Considerando a formação humanística do período, Gregório de Matos provavelmente realizou leituras de autores clássicos e maneiristas do século XVI, como Luís Vaz de Camões, Francisco de Sá de Miranda, e seus contemporâneos do barroco espanhol, como Luis de Góngora y Argote e Francisco de Quevedo, que, segundo Segismundo Spina, foram suas maiores influências:

> Consta que tivesse lido as *Soledades* de Góngora [...]. Entretanto, a influência maior, a aquilatarmos pelas imitações, pelas paródias e até pelas apropriações da poesia quevediana, foi a poesia de Quevedo, que pretendeu combater o convencionalismo gongórico, tão arraigado nesta época.[3]

É, portanto, uma linguagem europeizada que caracteriza a poesia de Gregório de Matos, inicialmente, em especial no gênero lírico (tanto nas temáticas amorosa e religiosa como na filosófica). Temas como a descrição da beleza feminina a partir de elementos da natureza e da mitologia greco-latina, a passagem inexorável do tempo, a brevidade da vida e a inevitabilidade da morte são exemplos dos tais "lugares-comuns retórico-poéticos". Ao trazê-los para sua poesia, Matos dialoga com uma longa tradição poética europeia.

Apenas nos últimos anos de sua produção, depois de regressar do exílio, "a paisagem brasileira, na sua natureza, sua vida social e sua realidade linguística, penetrou na poesia de Gregório de Matos".[4] Já a poesia satírica sempre apresentou a incorporação de um vocabulário enriquecido pelas gírias e

Retrato dos poetas espanhóis Góngora (1561-1627) e Quevedo (1580-1645).

---

3. SPINA, obra citada. p. 30.
4. SPINA, obra citada. p. 31.

expressões chulas locais, além de palavras derivadas de línguas tupis e africanas.

A sátira de Gregório de Matos, especialmente a considerada erótica ou fescenina, também dialoga com a tradição medieval ibérica. Basta lembrarmos as famosas cantigas de escárnio e maldizer. Spina considera muitos poemas de Matos descendentes diretos da "sátira escatológica do Cancioneiro da Vaticana".[5] Além disso, a crítica a comportamentos inadequados e até mesmo a métrica e os jogos formais presentes em poemas do *Cancioneiro Geral*, de Garcia de Resende, também aparecem em várias sátiras do Boca do Inferno.

Para poucos leitores e vários ouvintes

Se a fonte de influências está na Europa, a produção da maioria dos poemas de Gregório de Matos acontece no Brasil Colônia, onde não era permitida a impressão de livros e a maioria da população era analfabeta. A relação de um escritor e seu público, portanto, era completamente diferente da que temos hoje. Ser poeta não era profissão — não se esperava que seus leitores comprassem seus livros.

No caso de Matos, sequer havia livros. E os leitores eram raros.

A poesia de Matos circulou, na Cidade da Bahia e no Recife, por meio de alguns manuscritos que provavelmente eram memorizados e declamados em lugares e ocasiões públicas. Nessa época, os poetas tinham mais ouvintes que leitores.

Gregório de Matos faleceu deixando tais manuscritos, que foram reproduzidos e, quiçá, modificados. Supõe-se também que, por ser poeta reconhecido, alguns textos que não eram propriamente de sua autoria foram assinados com seu nome (seja por conter um estilo parecido, seja por timidez do verdadeiro autor, como ainda acontece atualmente com textos apócrifos difundidos na internet). Tais textos, décadas depois da sua morte, foram reunidos em volumes chamados códices.

Um dos códices mais importantes no estabelecimento da obra de Gregório de Matos teve como organizador o licenciado Manuel Pereira Rabelo, no início do século XVIII. Neste, já se percebe a interferência do organizador, que, além de dar título aos poemas, propõe uma organização arbitrária deles, na qual transparecem juízos de valor: sua obra lírica é exaltada, enquanto a satírica é menosprezada. Essa tendência foi adotada

---

5. SPINA, obra citada. p. 33.

Reprodução/Fundação Biblioteca Nacional, Rio de Janeiro, RJ

Biografia de Gregório de Matos em um dos códices do século XVII que compila seus poemas.

em edições posteriores, inclusive na primeira edição oficial das *Obras de Gregório de Matos*, feita pela Academia Brasileira de Letras (ABL) no início do século XX.

O legado do Boca do Inferno

Apenas na segunda metade do século XX (sobretudo a partir da década de 1960), a poesia satírica de Gregório de Matos será igualitariamente considerada nas edições e nos estudos críticos, sem o rótulo de uma poesia inferior ou de mau gosto. Muito antes disso, porém, esse gênero já era admirado e mostrava sua influência

sobre escritores, artistas e movimentos culturais brasileiros.

No início do século XX, autores do modernismo, como Mário de Andrade e Oswald de Andrade, reconheceram em Gregório de Matos um precursor de duas características caras ao novo movimento: o teor crítico e a expressão da nacionalidade. Embora possamos considerar um anacronismo atribuir a qualquer cidadão de uma colônia portuguesa, em pleno século XVII, o sentimento de nacionalismo brasileiro, podemos entender a questão: o retrato multirracial da Bahia que Matos apresenta em sua poesia satírica é valorizado pelos modernistas, que pretendiam superar a imagem de um país branco e europeizado (presente em grande parte da literatura brasileira no século XIX).

Nesse sentido, podemos também mencionar a valorização da figura de Gregório de Matos pelo movimento da Tropicália, nos anos 1960 e 1970. Caetano Veloso atribui-se o adjetivo barroco para explicar sua proposta de fusão de ideias, de vertentes culturais, de tradições, linguagens e instrumentos musicais. Além de enxergar-se no fusionismo e no virtuosismo barrocos, Caetano, também poeta baiano, identifica-se com Gregório de Matos em sua veia crítica e seu desencanto com a Bahia, o que se manifesta na canção "Triste Bahia", adaptação musical do soneto homônimo de Gregório de Matos, presente no álbum *Transa*, de 1972.

Na década de 1980, a vida e a obra de Gregório de Matos inspiram um romance histórico: *Boca do Inferno* (1989), de Ana Miranda, publicado pela Companhia das Letras e vencedor do Prêmio Jabuti, em 1990, de melhor autora. Na narrativa, o poeta é apresentado no contexto das disputas políticas baianas do século XVII.

No ano de 2002, a vida e a obra satírica de Gregório de Matos foram levadas para as telas no filme *Gregório de Mattos*, com direção de Ana Carolina.

Apesar da pouca divulgação e circulação no circuito comercial, o filme demonstra que a figura de Gregório de Matos continua despertando o imaginário de leitores, críticos e artistas.

Capa do romance *Boca do Inferno*.

Capa do álbum *Transa*.

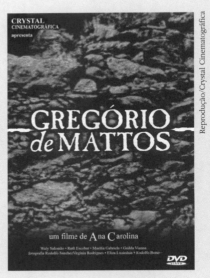

Cartaz do filme *Gregório de Mattos*.